U0072596

從此，愛上寫作

作者◎溫小平　繪圖◎蔡嘉驊

寫作是一件多麼快樂的事

市面上教人寫作的書多得不得了，很多寫作書都是教你考試拿高分、基測拿六級分。

寫作，真的只是為了考試嗎？

寫作，其實是一件很開心的遊戲。

無論你怎麼稱呼它，寫作、作文、寫文章，都是一種文字遊戲，利用中國字拼圖、排列組合，玩出許多的花樣。

大人小孩、作家或非作家，都可以在寫作中，享受無比的樂趣。這麼好玩的事，你，怎麼能錯過？

如果嚴肅一點說，寫作有幾件偉大的功能：

讓我們檢討改進自己；

體會中國文字的美麗；

啟發我們對其他學科的認知；

紀錄人類的偉大發明；

得到諾貝爾文學獎，為國爭光。

如果浪漫一點說，寫作對愛情很有幫助：

抒發心中高低起伏的情緒；

幫我們記住過去的甜蜜苦澀；

每天的喜怒哀樂有了知己傾聽；

寫下千古流傳的情書。

如果輕鬆一點說：

寫作可以讓人知道你的想法；

寫作可以賺—— 稿—— 費；

寫作可以讓你出—— 名；

它絕不只是為了考試而已。

我喜歡寫文章，它是我的娛樂、我的嗜好、我的收入來源、我的朋友、我的專長、我的呼吸……。只要拿起筆來，

或是坐在電腦前敲鍵盤寫作，我就眉開眼笑，快樂得不得了，甚至歷時五十年之久。

我寫過思念爸爸，以致常常幻想他死而復活的經驗。

我寫過幼年時在孤兒院，差點被瘋子砍死的恐怖。

我寫過參加金門戰鬥營，體會戰地烽火的感覺。

我寫過聯考砸鍋，從北一女落入倒數第二志願的慘痛。

我寫過考試倒數的小男孩，如何成為一條快樂的泥鰍。

我寫過體重過重的胖女生，在重重脂肪下找到自信。

我也寫過無數次的相親經驗，從失戀中換取稿費。

我更寫過自己連續兩次癌症的紀錄，幫助且鼓舞了許多人……。

我寫了將近九十本書，即將邁進一百本，仍然不斷嘗試題裁的書寫。

寫小說、散文很多年之後，我開始創作兒童書，第一本童書——《小龍周記》，以我的兒子（張永樂）的故事為藍本，永樂自己插畫，引起極大迴響，也讓我開啟了童話故事這一扇門。

　　我因為喜歡唱歌，沒有歌喉的我，破天荒出版一張音樂創作專輯《心碎之後》。我寫歌詞，女兒（張永慧）作曲，又是一次顛覆自我的經驗。

　　我還要繼續寫下去，誠意邀請你一起加入寫作的快樂行列，讓我們一起用文字玩遊戲。

　　真的，寫作沒有那麼恐怖，也沒有你想像中的那麼困難。像我，我沒有念過中文系，沒有上過寫作班，也沒有拜師學過藝，就只是在國小導師崔慶蘭老師的鼓勵下，開始喜歡寫作。希望你有一天，即使不考作文，你也會不停的寫、

寫、寫。從此，愛上寫作。

（如果你真的很在乎作文分數，悄悄告訴你，經過我以自己的方式引導寫作的人，升學考試的作文都能拿到很高的分數（例如國中基測的六級分）。甚至還有中國大陸的研究生，透過網路收聽我在廣播節目中分享的寫作竅門，寫作功力突飛猛進呢！這些祕訣，都藏在這本書的字裡行間內。）

而今，雖然崔老師已經去了天堂，但是，她留給我的**豐富資產**（整本書之中，你可以看到崔老師對我的正面影響），讓我感念一輩子。

希望她對我寫作的影響，藉著這本書，可以「留芳百世」（這一句成語，我學了許多年，終於可以派上用場，感謝上帝，任何學問都沒有白費）。

（注：有些地區或家國，中國字統稱為漢字）

謹以此書，獻給我的小學導師

崔慶蘭女士

【目錄】

PART 2
因為**愛閱讀**
所以寫作功力大大提升
多看書，擴張你的眼界

PART 3
因為**多聽多看**
所以寫得生動有趣
養成敏銳的觀察力

PART 4
因為**想得多又遠**
所以海闊天空
聯想力與想像力的重要

PART 5
因為**多說話**
所以靈感更充沛豐滿
練習說故事，幫寫作加分

PART 6

因為**有創意**
所以寫得別出心裁
寫作時遇到難題，想辦法解決它

PART 1

因為
快 樂
所以寫起來
輕鬆自在
找到動機，才會自己願意寫作

動腦想、動手寫之前，先要心動。

因為覺得有趣，所以你想寫作。
沒有老師逼你，沒有考試逼你，沒有爸媽逼你，
是你自己想寫。
因為可以賺稿費，買自己喜歡的東西，何樂而不寫？
當你發表了文章，大家都會注意你，當然會繼續寫。
虎死留皮，人死留名，你只想留下一篇好文章，
一本好書。
說不定，你的後代，還可以用你留下的版稅，
幫助很多人。

不需要什麼冠冕堂皇的理由，也不需要偉大的理由，
只要好玩，只要你覺得有趣，只要你快樂。

請記住喔──
一定要找到寫作的樂趣，
寫起來才會輕鬆自在。

因為愛表現、想要獎品，所以我開始寫

痛苦的作文課變成開心時刻

開始學寫字，真的很痛苦。

因為老師和媽媽都要求姿勢正確、拿筆正確，一撇一捺、一點一橫，都要照著規矩寫。既不能超出格子，也不能歪歪扭扭，簡直就像坐監牢一樣，很不自由。

更可怕的是，寫字變成了一種處罰。

只要寫錯了，一個字罰寫五行、十行，甚至一百行。

寫到吐、寫到手抽筋、寫到頭昏眼花，看到字就倒胃口，有誰會喜歡寫字啊！

更不要說是用很多字，組合成一篇文章。那要用多少字，又會寫錯多少字。

更何況，我身處的是體罰的時代，寫錯字挨老師打、挨媽媽打，為了避免被打，唯有少寫字，或是乾脆不寫字，就

可以減低寫錯字的機率。

　　難怪有些人遇到作文課時，不喜歡長篇大論，只喜歡簡

短幾行，草草了事，誰要自討苦吃，給別人挑毛病的機會呢！

一位好老師，絞盡腦汁鼓勵我寫作

直到小學二年級，事情改觀了。

為了增長見識，不致做一個鄉巴佬，媽媽把我從鄉下的八堵國小，轉到城裡的信義國小，我遇見了崔慶蘭老師（我的父親名字是慶衿，老公名字是慶舜，我跟名字有一個「慶」的人真有緣），讓我一輩子都感激、懷念的人。

崔老師非常重視國語課，她說，作為中國人，就要懂得中國字，同時用中國字寫文章，然後得到諾貝爾文學獎，為國家爭光榮。

雖然我根本不知道諾貝爾是誰，也不知道這個獎有多難獲得，我卻開始幻想，我可以變成偉人耶！站在台上接受大家的鼓掌，還有，全世界都會知道我們的國家。

這有一點點吸引我，也讓我有一點心動。

崔老師鼓勵我們練習用一個字一個字串成句、串成段，變成一篇完整的文章。好像媽媽織毛衣，一針一線，織成一條圍巾、一副手套、一件背心，或是一件高領毛衣。

從此，
愛上寫作

我那時候學會的字不多，崔老師就鼓勵我們，遇見不會寫的字，就用注音填空，甚至查字典。

只要有獎品，寫多少字都沒關係

　　剛開始，興趣真的不大，因為放學以後，不到七歲的我要搭公車回家，我要幫忙媽媽帶妹妹，還要做家事、寫功課，聽我喜歡的廣播劇，時間很有限。

　　崔老師就用獎品鼓勵我們。只要文章寫得好，可以得到的獎勵是：

一、鉛筆、橡皮、刀片、尺。

二、文章得到甲上的人，可以貼在教室後面的公布欄，讓同　　學羨慕、讚美、景仰，並且效法學習。

三、可以為爸媽、為班級、為學校、為國家爭光榮。

　　因為那時候不少同學的家境清寒，沒有零用錢，一些文具都是用哥哥、姊姊剩下的，或是別人捐的。我也是一樣，當然很在乎這份獎品，尤其是香水鉛筆，是我那時候最愛的。

　　印象中，我的作文很少得到乙，大都是甲下、甲、甲上，因為只有甲上，才有機會貼在布告欄，讓大家欣賞，並

且得到獎品。所以我就拚命寫，非得到甲上不可。好幾次得不到，甚至傷心落淚，然後回家反覆閱讀、努力檢討，希望下一次扳回一城。

有一回，老師覺得我寫的文章太棒了，給了我甲上上上的評價，把我樂得快要暈過去，好像我已經是大文豪了。對從小失去爸爸，被人嘲笑是水溝裡撿來的小孩的我，減少了幾分自卑，開始有了自信。

那時候，當同學們紛紛許下志願要當老師、飛行員、水手、警察、護士、或是總統之類的大人物時，只有我說，我要當作家，我要得諾貝爾文學獎。

每天一篇日記，讓我從此愛上寫作

更重要的是，崔老師覺得一周一次作文課，還不夠。她常常說，熟能生巧，勤能補拙，鐵杵磨成繡花針，所以，最好是每天寫一篇日記，崔老師願意每天幫我們改日記，當然，獎品也不會少。

我為了得到更多獎品，更多機會把作品貼在布告欄上，我真的很認真的開始寫日記。

一直寫到我二十七歲結婚為止，我的日記從來不曾間斷，有時一天寫上好幾頁（婚後大都是寫雜記，但一直保持記錄心情的習慣，出門時、旅行時更是隨身攜帶筆記本）。

我知道自己不是天才，文學方面的才華比不上很多文學家。但是，我相信勤能補拙，每天挖空腦筋、勤寫不輟，為的是想要寫一篇與眾不同的文章。

六年級的模擬考，老師們曾經為了我的作文要不要給滿分，召開了校務會議。我不記得最後是否得了滿分，但我知道，我的文章應該還不錯，因為我的老師們都肯定我。

從此，
愛上寫作

更重要的是，我的學生生涯因為有了寫文章這件事，變得生動有趣，即使在廚房裡像個灰姑娘一般用報紙木柴生爐火、被煤炭的煙熏得灰頭土臉，我還是會伸長脖子，讀著貼在牆壁上泛黃的報紙，想著屬於我的王子。

因為愛表現、想要獎品，所以我開始寫

用你的姓名寫故事

　　每個人都有不同的名字，有些名字是有典故，有故事
的。

　　即使沒有，你可以自己用姓名中的字編一個故事。

　　拜託，一定要用寫的喔！

　　例如我，溫小平，可以這樣寫——

　　有一個女孩，滿頭卷髮、脾氣急躁，她有一個小小心
願，做一個溫柔、和平的人。

例如我的兒子，張永樂，可以這樣寫——

這個男孩崇拜張飛，所以他很喜歡《三國演義》，他從小愛哭，他最大的心願就是自己永遠快樂。

請你至少寫出三種不同的姓名故事，下一次自我介紹，就變得與眾不同、別出心裁了。

中國字是全世界
最美的字
先愛上中國字,再用中國字拼成美麗文章

寫文章,就是用一個字一個字串起來的。

如同項鍊,是珠子串成的。

火車,是車廂串成的。

串燒,是肉塊、青椒、洋蔥串成的。

花圃,是許多花組成的。

一顆珠子,也許感受不到它的美,一塊肉嚼不出它的美味,一朵花顯不出它的氣勢,正如同一個字很難說出它的故事。許多字串起來,那才真是不同凡響。

中國字、中國字，我愛你

中國人寫文章，當然就是用我們可愛的中國字，串成句、串成行、串成篇的。

寫文章之前，一定要先對中國字有好印象，覺得他很可愛、很有趣、很有魅力，你每天都想見到他。

為什麼說中國字可愛呢？我之前不是常常被老師罰寫字，看到國字，就倒胃口嗎？只要上國語課，就會聯想到默寫，頭實在很痛。

後來，我聽到有人說，當你討厭一個人，你就會避開他，也就沒有機會認識他。當你討厭吃一種食物，因為沒有機會嘗試，你就可能錯失許多美味。

而當你接近他、了解他，說不定就會多一個朋友，多一道美味品嘗，有許多讓你開心的意外收穫。

我是在寫日記時，逐漸愛上中國字。因為我想讓文章生動，跟同學寫得不一樣，我就要學會更多字彙，巧妙的運用中國字做排列組合。

了解中國字的奧妙，才會愛上他

　　每次絞盡腦汁想要用新的名詞或句子，才發現，中國字實在很奇妙，變化無窮。慢慢的，因為了解字的含意，很少寫錯字，得到老師誇獎、媽媽肯定，漸漸愛上中國字，覺得它真的像一幅美麗的圖畫，全世界其他的文字，都比不上它那麼有意思、有深度。

　　仔細看中國字，它不僅僅是符號，它跟我們親眼見到的東西的形狀很類似，那就是所謂的象形字，例如：水、木、火、田、爪、耳，還有山。

　　跟水有關的字，它的部首都是水的邊，河、湖、海、洋、池、溪、潭。

　　跟木有關的字，就有森林、棍棒、棺材、樓梯、柵欄、桎梏。只要是樹，都是木部，杉樹、欒樹、樟樹、梧桐、梅、櫻、棗，很難寫錯它的部首。

　　跟火有關的字，例如：炎熱、熄燈、烘焙、烽煙、燦爛。需要用到火的烹調方法，燒、煮、燉、烤、炸、煎、

從此，
愛上寫作

熬、焗、燜……，更是少不了火。

跟山有關的字，崇山峻嶺、巍峨、崎嶇、嶙峋……，都是形容山的險峻或壯麗。

實在太多了，根本列舉不完。

還有，同樣的字，落在一起，好像疊羅漢一樣，就可以變成另一個字。

例如：三個車，是轟。三個水，是淼。三個石，是磊。三個口，是品。三個土，是垚。三個人，是众。三個日，是晶。三個木，是森。三個金，是鑫。

每人都擁有獨樹一幟的字體

　　更有意思的是，不同的人，寫出來的中國字，不管是否好看，更是各異其趣。

　　小學時，學校為了鼓勵我們把中國字練好，有所謂的書法課，用毛筆練書法。對我來說，那真是痛苦，因為性急的我，不喜歡軟趴趴的毛筆，每次寫起來都是軟弱無力，很少得到甲。

　　但是，我卻另有收穫，在臨摹的過程中，發現許多名家的毛筆字，真是漂亮，至少，我懂得欣賞它。印象最深的是柳公權的字，非常飄逸，但我比較喜歡的卻是顏真卿的字。

　　不管是哪一位名家的字，對我來說，都比不上我同學的字，她的籃球打得超棒，上了球場，那一股狠勁誰都怕，偏偏她的字體卻很娟秀，我更是說不出來的喜歡。

　　為了怕她發現我偷學她的字，我都是趁她不注意，拿了她的作業，回家努力臨摹練習。說也奇怪，臨摹久了，我開始覺得自己的字寫得挺好看，而且，慢慢有了自己的個性，

甚至有一度，我很自戀自己的字，每次寫字時，會為自己的字著迷呢！

當時，我著迷於交筆友，就像現在流行的網友，多到超過一百位。因為我對字體的要求，專挑字好看的筆友結交。只要來信字跡醜陋的，就別想接到我的回信。

怪的是，字好看，人卻不好看。也許是像我一樣長相不出色的人，比較有時間關在家裡練字。後來，故意挑了字醜的筆友結交，結果，人卻一點也不帥。我就在字美字醜之間，挑剔著我的男朋友。

只是萬萬沒想到，嫌棄了一輩子別人的字，自己的老公、兒子，寫的字只有讓我搖頭的分。（幸好，女兒的字很美）

有人喜歡研究我們的字，分析我們的性格，當然這是見仁見智，不一定百分之百準確。倒是我覺得字好看的話，還是有許多好處。

中國字是全世界最美的字　*33*

有朝一日我們出名了，有人請我們題字，我們可以拿起筆來，洋洋灑灑的當眾揮毫。甚至參加喜宴，別人看到簽名簿就躲，我們卻可以大大方方的簽名，然後聽到身旁的人驚呼，「她的字好好看喔！」讓自己小小驕傲一下。

　　更別說是當了明星，簽名的機會更多了。

　　所以，為了有一天變成名人，要簽名，我苦練又苦練。即使現在電腦這麼方便，寫文章前，我還是習慣先寫大綱，再用電腦打字，好像，看到自己的字在紙上一筆一畫的產生，靈感，也跟著挑旺。

　　新書發表會或演講時，我更是喜歡為讀者簽名，樂此不疲，中國字，我好愛好愛你。

利用成語練美麗的字

　　隨便挑你喜歡的十個成語，然後，一筆一畫寫在白紙上（當然，要先了解這十個成語的意思）。

　　接著，從電腦的字體中，挑出一種你喜歡的字體，例如少女體、楷體、細明體、隸書……，然後，把這十個成語用你喜歡的字體，一筆筆寫下來。一天至少要寫十遍。

　　你隨時都可以寫，走路、上廁所、等人、發呆、吃飯時；不一定只寫在紙上，你可以在地上、空氣中、椅子上、手心裡……，都可以寫。記得喔！一定要努力寫得很漂亮，讓你自己看了都會心旌神搖，讚不絕口。

一星期後，再寫一遍這十個成語，跟一周前的比較一下，是否字體進步很多了，是否感受出中國字的美麗了？

　　你可以每個月換十個成語練習，不但字體進步，連成語都能背誦不少喔。

找到一股推動的力量
自然而然，心甘情願，沒人逼你也想寫

　　我們活著，心一定是活蹦亂跳的。心如果停止動作，我們也就完了。心動，讓身體動。心動，讓我們想做許多的事。所以，做任何事情都是從「心動」開始。

　　肚子餓了，想吃飯。口渴了，要喝水。喜歡王建民，熬夜看他的球賽。賽跑時拚命跑，是為了得獎牌。

　　你是不是會遇到這種情況，上學賴床經常遲到，因為你不想上學。但是學校郊遊、同學約了逛街，你卻不必鬧鐘震天價響，也能自動起床，為什麼？

　　當你在電視上看見一個歌星，酷酷的表情、帥帥的頭髮、迷死人的歌聲，你喜歡得不得了，你一定會買他的專輯、加入他的粉絲俱樂部、聽他的演唱會，想辦法接近他、認識他吧！

　　如同參加《超級星光大道》和《超級偶像》比賽的男

生、女生，每個人的目的不同，希望得獎金，希望受注意，希望灌唱片，希望變成大歌星。也就是從無名小卒，變成天上最亮的星星，走在街上，人人注目。

　　如果，提到寫文章、作文、寫報告，你就是懶懶的，不想動，懶得提筆，即使拿起筆來，也不知道要寫什麼，好像拋錨的車子，怎麼也發動不了。

　　那就是你沒有找到心動的祕訣。

心儀男生的讚美成為我的動力

　　小學時，我開始寫日記、寫文章，當老師給了我「甲上」的評分，我的文章貼在布告欄上，對自卑的我來說，是莫大的鼓舞，好像從此以後，同學不會再嘲笑我是鄉下來的，不會笑我是水溝裡撿來的小孩。

　　記得那時候，只要布告欄上貼了我的文章，我的心情就變得像窗外飛翔的小鳥一般快樂。

　　國中時，我的臥室有一扇窗，讀書累了，我經常趴在窗口望著白雲飄逸出各種形狀，如同我變化多端的心情。於是，鼓起勇氣投稿《大華晚報》，題目就是「白雲」，得到生平第一筆稿費。我才知道，原來，用許多中國字排列組合之後，就可以「賺錢」。

　　為了磨鍊文筆，也為了瞞著媽媽尋找喜歡的男生做朋友，我開始交筆友，為了維繫筆友間的情誼，保持我一百多位筆友的紀錄，我寫得十分勤快，甚至於第二天考試，複習功課都被我排在最後面。

　　當我絞盡腦汁寫的文章見了報，我喜歡的男孩就會寫信

讚美我，並且告訴我，他的同學們都看到這篇文章，隱約間，他以我為傲。

為了讓他繼續讚美我，甚至喜歡我，我更努力寫，甚至把我對他的暗昧之情，藏在文字中。

之後，徘徊在愛情路上多年的我，走上了相親之路。很多人都不明白我為什麼樂在其中，跟著一個又一個的陌生男生吃飯、看電影。我除了想要尋找理想伴侶，我也是為自己尋找素材，把相親的故事寫成小說，可以賺稿費，順便紀念一段沒有結果的愛情。

三十八歲以後，我罹患癌症，住院期間，我記錄自己的生病經歷，為了鼓勵別人、幫助別人，即使病體虛弱，我卻興致勃勃的撰文。

因為健康欠佳，不斷住院，所以我決定辭職。辭職以後，是我另一片寫作天空的開展，愛情、婚姻、生活見證、兒童故事……，如旱地裡發現的湧泉，源源不斷。不需要任何人催逼，我不停地寫，樂此不疲，而且樂在其中。

一點心動成就一件大事 ～～～

　　真實故事《三杯茶》書中的主角──摩頓森，為了紀念早逝的妹妹，他帶著妹妹心愛的項鍊，攀登世界第二高峰──K2，希望把項鍊掛在山頂上，這是他心動之後採取的行動，

　　沒想到，他在山裡迷了路，差點死去，被科爾飛的村民以三杯熱茶救起。當他發現村裡的孩子們窮得只能用棍子在泥地寫字，於是，一貧如洗的他許下諾言，決定為他們蓋一座學校。這也是他心動之後想要採取的行動。

　　當他回美國募款，才發現困難重重，可是，想起山裡的孩子，他告訴自己不要放棄，雖然被嘲笑、被欺騙，他還是克服萬難，在巴基斯坦的偏遠山區，蓋起了學校。

　　十幾年後，一所學校發展成六十多所學校，讓中亞地區的許多女孩，接受了教育。

　　這都源自摩頓森的心動，又有行動，堅持到底，而開花結果。

所以，對寫作來說，心動更是重要，你找不到動機，你不想提起筆來，就不可能寫下任何文章，甚至讓大家傳頌的文章。

　　鼓勵自己，這一生要寫一本書，多少字沒關係，是否印刷出版沒有關係。它可以是圖文書，它可以是繪本，或是純文字。它是你的故事、爸爸媽媽的故事、哥哥妹妹的故事，都好。

　　在一個家族之中，只要有人會寫文章，就可以為家族寫故事，這個家族的點點滴滴、精采片段、感人故事，就可以流傳下去。

把討厭轉化成喜歡

找出一種你最喜歡的食物，寫下你喜歡它的三個原因。

例如：美味、促進食慾、香噴噴、看起來可口，因為是媽媽做的……。

找出一件你最喜歡的衣服，寫下你喜歡它的三個原因。

例如：顏色漂亮、使你的腿看起來修長、是你喜歡的人送的、穿上它心情會變好、它是尖領、你會受到讚美……。

你喜歡寫文章嗎？如果喜歡，寫下你喜歡寫文章的十個原因，你可以把他當作你喜歡的隔壁班男生、同學的妹妹，你喜歡的電玩遊戲、你喜歡的某個明星，想辦法喜歡它。

你討厭寫文章嗎？寫下你討厭的十個原因，然後，把他當作害蟲、病菌，努力消滅它。只要消滅一個討厭的原因，請爸媽給你一個獎勵。

求求你，即使再討厭動筆，也一定要用寫的，這是一個很重要的練習。

PART 2

因為 愛閱讀 所以寫作 功力大大提升

多看書，擴張你的眼界

教科書上的知識是有限的。

對提升你的寫作程度，更是有限的。

如果只是熟讀教科書，學校成績頂呱呱，還是不夠的。

教科書之外的書海，浩瀚到你根本看不到邊。

而這些書，帶給你的生活魔法，更是力大無窮。

有一位小男孩，上課時永遠像一隻毛蟲，蠕動不停。

可是，當他獨自待在房間裡，讀著一本本的故事書，

他卻著迷一般。讀了整個下午，讀到天快黑了，

他不曾吵著、鬧著。

他在學校的成績經常是倒數的，

老師同學從不曾認為他會考上前幾名的學校。

可是，因為他博覽群書，

他考上公立高中、考上不錯的大學。

他看電影、他聽古典樂、他喜歡統一獅、

芝加哥公牛，他自己開車到世界旅行。

他服兵役時讀了七十幾本課外書。

臥室書架上滿滿的書，生活中始終少不了書。

後來，他進了研究所，

他的論文寫的是統一文字的秦始皇。

跌破了所有人的眼鏡。

我真的沒有騙你——

多讀各式各樣的課外書，

你的眼界一定比別人寬廣許多。

讓閱讀像呼吸一樣自然
只要變成習慣，書就會成為你的好朋友

　　當我藉著寫日記加強自己的寫作能力時，寫啊寫的，開始遇到瓶頸。因為我們的年紀小，閱歷淺薄、知道的事情也少，沒有新鮮的材料可以寫，當然不容易寫出很有內容、很精采的文章。

　　我們就像一隻井底之蛙，天天住在井底，看到的、聽到的都是井裡的事。就如同媽媽沒有米下鍋、沒有錢買菜，很難料理出美味的飯菜。如此一來，我們持續寫作的興趣就會減低。

　　所以，崔老師強烈的建議我們，養成閱讀的好習慣。

　　好習慣的養成，必須持續二十一天，每天不斷的讀。

　　問題是，沒有零用錢的我，怎麼有錢買書？

　　好說歹說，媽媽只答應每個月給我買一本書的錢，我必須精挑細選，選我真正喜歡的書。

但是，對強烈想要閱讀，想要超越同學，並且開始對書籍有興趣的我來說，一本書不夠啊！於是，我只好利用放學時刻，跑去書店站著看免費書，每天看幾頁，也能把一本書看完。

　　這還是不夠，我開始四處打聽，哪一位鄰居家有藏書可以借我看。記得當時住在我家隔壁一棟宿舍的大姊姊知道我喜歡看書，就告訴我，可以到她家去借書，看完一本換一本。

　　那時候看過一本外國翻譯書《紅與黑》，看得似懂非懂，我卻神氣活現的跟同學說，我看過外國書。同時，也看過《三國演義》、《紅樓夢》，都是大姊姊推薦的。

愛閱讀的人物，是我們的好榜樣

全國最應該率先領頭讀書的是教育部長、各縣市的教育局長，我卻很少聽到他們公開分享自己的閱讀心得，比較常聽他們提及有關考試的話題。

我們的歷屆總統，喜歡看書的也不多，偶爾會去書展買書（不知道他們買回家會不會讀），可是，每周讀一本或每月讀一本書的，並且帶頭讀書的，似乎很少。

有些電視節目主持人或電視名嘴，喜歡引經據典，甚至在電視節目或演講中分享書。有些公眾人物更是學問豐富，談話很有內涵，我想就是多讀書的緣故。

這些人可以作為我們的模範。

腦子動得快、點子多的人，幾乎都是常常讀書的人。娛樂圈不少的點子王，他們的成就也是來自廣泛閱讀。

全方位藝術家達文西，即使已經是公認的傑出人士，他依然大量閱讀，觸類旁通之餘，也幫助了他多向思考。

丹麥女王喜歡在假日逛書店，於是，丹麥的人都喜歡看

從此，
愛上寫作

書、逛書店，除了可以遇見女王，也可以知道女王正在讀哪一本書，還可以像女王一樣愛看書、有學問。

想像那樣一個畫面吧！陽光柔柔灑在街道的騎樓，斜斜映照在一本本的書頁上，女王的身影晃動著，柔柔的髮絲隨風飄動，她專注在書中的文字、書中的插畫，偶爾輕嘆一聲，隨即闔上書本，掏出錢來，決定買下。

真的，對我來說，掏錢買書，是最快樂的一剎那，好像，我只要用200元，就可以換得別人一生的智慧與精采的故事。多划得來啊！

請你找出一位喜歡閱讀的前輩，請教他有關閱讀的快樂，讓他成為你的榜樣。

盡量找機會
讀課外書，它比課本更浩瀚

　　閱讀是沒有界線的，大人物、小人物，都可以同時閱讀一本書，因為書籍不會挑主人，它是屬於大家的。問題是，你知道自己為什麼要閱讀嗎？

　　每個人的生命有限、時間有限、經驗有限、甚至金錢也有限，無法看遍全世界，卻可以透過閱讀，彌補我們的不足。同時，科學家也做過研究，閱讀可以減少罹患阿茲海默症（老人癡呆症）的機會。

　　我曾經應邀到不少學校演講，希望我談談如何提升閱讀興趣、如何寫作。調皮的我，會先丟一個問題考考校長、老師，「你們多久看一本書？」大多數人的答案，都把我嚇出一身冷汗。

　　因為，每周讀一本課外書的人，零零落落，只要有人一個月讀一本，我就很開心了。想想看，自己都不愛讀課外書的老師，怎麼鼓勵孩子讀課外書呢？

　　至於父母呢？讀書的比率也很低。曾經有人調查許多國

家閱讀課外書的情況，我國的排名非常後面，而我們最感興趣的娛樂竟然是——看電視。

我只要遠行一、兩天，都會隨身帶著書，出國旅行更不用說了，書再重，我還是要看書。機場候機時，別人聊天、吃東西，我看書。搭飛機時，別人睡覺、看電視，我看書、寫稿。別人逛街買名牌包，我卻在書店、書攤流連。

閱讀多年，讀書已經成了我的樂趣，我的「營養餐」。

我也看過計程車司機，利用每一個紅燈時刻，拿起手邊的書讀幾頁。我的朋友會搭早一班公車到公司，為的是在辦公室讀幾頁《聖經》。

所以，只要我們願意，絕對可以找到時間閱讀，並且養成習慣。

要知道，學校課本的內容都是少數學者專家挑選的，沒被挑選的知識，更加浩瀚，雖然考試不會考，卻值得我們花時間閱讀、吸收，讓我們的閱歷更廣泛。

二十六歲的吉兒川普，獲得英國益智性節目《大學挑戰》的最高分——825分，創下該節目開播近半世紀的紀錄。

主持人對她更是讚賞有加，說吉兒反應之快，令他驚訝，每次他尚未問完問題，她就抓住要點，說出答案。她的表現也讓電視機前的觀眾瞠目結舌，因此她被英國譽為最聰明的女孩。

大家還以為是她的智商高的緣故。吉兒卻說，她只是喜歡閱讀而已，她跟弟弟在家裡成立了一個小型圖書館。

由此可見，養成閱讀習慣，絕對是一件好事，除了增加知識，更可以提升我們的寫作能力。

尋找一個讀書的角落

　　當別人要送你生日禮物、畢業禮物、勤學禮物、情人節禮物時，請他們送你書。

　　盡量讓自己在書店附近出沒，約會約在書店，等人時，順便看書、挑書、買書。

　　隨身攜帶書，利用等人、等車時刻，看書。

　　學生時代，我喜歡在西門町一帶，尋找有氣氛、有FU的咖啡店，寫稿、看書。當我們聽說明星咖啡屋有很多作家出現，我們也會跑了去，坐在他們隔壁桌，聽他們說話，看他們正在閱讀的書，好像我們也變成了作家。

請你找一個讓你有心情讀書的角落，例如某個公園、你家陽台、某棵大樹下、某家充滿書香的咖啡店……，帶著書去，跟同學約會、跟家人約會、跟自己約會。

　　然後，寫下你在這個角落的感覺，以及，你讀過的書。

　　請你安排一個固定的時間，早起時、上廁所時、午休時、睡覺前，或是等車時，讀書。

不要只看排行榜的書
各種書籍都可以給我們不同的啟發

　　每個人對書的喜好不同，為了養成閱讀習慣，剛開始，最好選擇自己喜歡的書閱讀。否則，既勉強，又不對胃口，要不了多久，你看到書就會由厭生恨，根本不想碰它一下。

　　當初，崔老師建議我們多看世界名著，可是，我卻偏愛童話故事，有事沒事就優游在幻想世界中，以為自己是一個落難公主。

　　例如在廚房裡剝豌豆時，就試著把豆子從窗口丟出去，幻想傑克與魔豆的故事在村子裡發生。看到荊棘叢裡的破舊房子，就以為房子裡有一位睡美人。

　　當時，只要是能夠帶我脫離現實困境的故事，我都很喜歡。除了童話，嫉惡如仇的我，非常喜歡武俠小說，每次到了暑假，都會租幾套書回家看。此外，更是瘋狂的為偵探推理小說著迷。

每讀一本，就好像找到一條可以上天下地的魔毯，或是阿拉丁神燈。

各種類型的書，都有不同的啟發

課外讀物的類別非常多，只要到書店走一遭，就會發現書籍分成文學類、非文學類，各類之中，還有大大小小的分類。不同的書，當然會有不同的啟發。

童話或寓言故事，因為絕大部分是杜撰出來，不存在這個世界上的，可以帶我們進入想像世界，暫時忘卻現實的痛苦，還可以提升我們的想像力。例如《白雪公主》、《人魚公主》、《小人國歷險記》、《伊索寓言》。現代版則是《怪獸電力公司》、《豆豆龍》。

偵探推理，教我們從細枝末節觀察，知道如何抽絲剝繭找證據。其中影響我最深的就是福爾摩斯探案，使我懂得寫作時，也要從小處著手。當我去英國旅行時，身處倫敦的陰溼天氣，走在石板路上，彷彿，福爾摩斯隨時會在我身邊出現。

人物傳記，可以讓我了解一個人成功失敗的原因，從而知道任何困境都將成為過去。歷史故事則讓我從朝代的興衰

當中，知道英雄與奸臣的區別，宮廷的黑暗與鬥爭只是人類社會的小縮影。

武俠小說則是我們那個苦悶的時代，許多人的最愛，只要我們被課業壓得不開心，就可以上山習武，練就一身絕活，打得壞人滿地找牙。而且即使武功全廢，還可以峰迴路轉，在山谷底下巧遇隱居的高手，讓我們脫胎換骨，令人刮目相看。之後，我寫小說時，學會了如何絕處逢生，讓主角有路可走。

至於長短篇小說，我可以從文字描寫中，認識人性，懂得分辨壞人、好人，男人心與女人心的差異，在愛情中如何尋找自我，起死回生。即使沒有愛情，也可以在小說的情節中得到慰藉。我喜歡莫瑞亞訶的《恨與愛》，海明威的《老人與海》，施耐庵的《水滸傳》，維多利亞赫特的《米蘭夫人》。

散文中優美的文辭，可以幫助我的文字更精練。我早期很喜歡張秀亞、吳宏一的散文，最欣賞白居易的詩，希望有

朝一日，我的作品也是老少咸宜、老嫗能解。

　　近幾年熱愛的遊記，更是讓我滿足了遊山玩水的探索心情，培養我的冒險心。馬克吐溫的《湯姆歷險記》、馬洛的《苦兒流浪記》、大仲馬的《基度山恩仇記》、鍾梅音的《海天遊蹤》、三毛的《撒哈拉沙漠》……，都陪伴過我。

　　之前，我曾經很排斥財經書，覺得銅臭味十足。可是，有一次逛書展，為了逃離人群，買了一本天下出版的財經書，訪問各行各業的CEO，談到如何讓企業改頭換面，甚至百年老店，仍然可以擁有驚人業績。

　　那些總裁、董事長的高見，強調投資自我、企業再造、多元化經營的訣竅，讓我頓悟同樣的道理，也可以運用在我的寫作中。於是，我藉著旅行投資自己，藉著調整寫作方向提升自己，甚至藉著多方面嘗試不同體裁，而出版了各種書籍。

　　原來，許多的知識可以互通有無，許多的書籍，可以讓我們獲得預料之外的樂趣。

排行榜以外的書，還有很多寶貝

我們雖然很想讀到各種書籍，可是，買書是一筆不小的花費，所以，要謹慎花錢，不要迷信「排行榜」。有些書是商人炒作出來的，有些書是新聞媒體哄抬的（名人出書通常受到媒體寵愛，接不完的通告，而我主持廣播節目《天使不打烊》介紹新書時，往往喜歡給新人機會）。

排行榜之外的好書，多到數不清。錯過了，豈不可惜。

老師推薦的，或許可以參考，但可能比較局限在老師個人的喜好。父母呢？也許會站在他們的角度選書。

我曾經買過一大套科學家的故事給大樂、小慧閱讀，希望他們效法居禮夫人、愛因斯坦等科學家，結果他們到了大學，也沒翻過一次。全新的套書，我送給了小妹。結果，她的女兒也不感興趣，我只好捐給了偏遠學校。

要找到好書，逛書店時要有充裕的時間，不同類型的書架走一圈，即使是一本烹飪書、園藝書，說不定也能帶給你意外的收穫。

書展，當然不錯，但是容易衝動，看到減價，或是別人都在搶購，買了一堆永遠不會看的書。我當年就是。眼看著文星書店要關門，放學後跟著同學一起擠著搶購，花光了身上所有的錢，買了十幾本書回家。幾十年過去，其中幾本書不曾翻過一頁，只好送進二手書店。

預算不多的人可以到圖書館借書，只是要跟別人共讀，又有借書的時間限制。如果喜歡的話，不妨自己花錢買，像我，就喜歡擁有自己的書。

提起二手書店，倒是挖寶的好去處。暢銷書在這兒不值錢，因為當時印刷得多，買得人也多，賣出來的更多，所以書價很低，有時還免費贈送。

有些好書出版後，因為知名度不高，根本來不及跟讀者見面，就下了架，在二手書店，比較容易看到他們。所以，真正的好書是在二手書店看出價值。而在二手書店買書時，我反而會審慎考慮，它必須是我決定買回家珍藏的。

跳蚤市場更是買到精采好書的好地方。有一年去荷蘭阿姆斯特丹旅遊，我買到了諾貝爾文學獎得主以薩辛格的童書，花不到一百元。還有POSTER的典故書。大樂則買了日本武士的武器書、服裝書。

　　網路拍賣是現代人最常運用的管道，讀完了，不想珍藏的，可以上網再賣掉。換得的錢雖不多，卻可以投資在下一本書上。網拍也是找絕版書的好所在，不少人的暑期讀物就是透過網拍購買，你不妨試試看。

　　如果知道愛書的朋友出國或搬家，別忘了到他家的書堆中尋寶。小妹一家去了沙烏地阿拉伯，我也乘機在她清理出來的書堆中，找到我要的書，卻不花一塊錢。

　　於是，找書、買書、藏書、整理書，成了我的一大樂趣。近幾年，眼力稍退，偏愛蒐集成人繪本書，有時看圖，偶爾看文字，都能在其中盡情泅泳。

建立自己的書架或圖書館

在班上，你們會有自己的圖書館，學校、各縣市也都有圖書館。但那畢竟遙遠，不容易取得書，或是找不到你喜歡的。

我的第一個書架，就是在臥室外的牆壁旁，木製的，共有五層，分別存放我陸續購得的書。半夜睡不著，爬起床讀幾頁書；即使不守規矩被媽媽禁足，我也不怕，我可以靠著書消磨時光。周末假日，我也會待在兩坪大的臥室裡，靠著窗，吹著風，讓風掀動我的扉頁，那樣的時光好美。

如今我有了自己的家，我的書架是全家最多的，大約七個，客廳、書房、臥室……處處有書。大樂也有三個書架，小慧有兩個。每個人自己看自己喜歡的書。

所以，你不妨從現在開始，建立自己的書架，成立自己

的圖書館。可以放在床頭，也可以放在客廳的角落，最好是光線明亮的所在。如果能爭取到陽台一角，或是書房一角，搭配音響，就更棒了。

　　事先規畫一下，每一層放一類，可以按照筆畫順序，也可以按照作者分類。

　　每本書裡面放一張卡片，每讀完一本書，簡單記錄自己的心得，夾在書本裡。每讀一回，寫一次，你會發現自己的觀點，隨著不同年齡時的閱讀，逐漸成長。

旅行也是一種閱讀

走馬看花，看不仔細
細細品嘗，才能看到細節

到達風景名勝區，有些人習慣以「到此一遊」的方式，在紀念碑旁拍一張照片，比一個V的勝利手勢，做紀念就夠了。他不關心這個地方有什麼新奇玩意，也不在乎這地方有什麼迷人之處，於是，匆匆忙忙的腳步間，他錯失了許多的美好，甚至有趣的事物。

拿起筆來想要寫些遊記，都是模糊印象，於是，他說，那個地方一點都不好玩。

是不是這樣呢？你從小到大的遠足、散步、逛街、旅行、登山，都是如此恍神。

這樣算不算是暴殄天物？浪費上帝的創造，竟然連一個依戀的眼光都捨不得留下。

從此，
愛上寫作

我從小就在不同鄉村、城市遊走

　　我在小學二年級時，依照媽媽的要求，大氣不敢吭一聲，乖乖背起書包，從鄉下到城裡讀小學。那時，腿短的我，踏上公車的階梯都很吃力，幾乎是半爬半蹬的上車。

　　為了蒐集更多的素材寫文章，我上下學時，都會張大眼睛觀察周遭，彷彿很認真的閱讀關於基隆這座城市這本書。

　　於是，當同學說上學很無聊，我會告訴他們，沿途有什麼好吃的東西，哪個老闆會騙小孩的錢。

　　當媽媽要從過港路到基隆逛街，我會告訴她有多少路公車可搭、在什麼站下車。還有，哪一個車掌曾經幫我阻退色情狂。

　　國小升國中，全班都在基隆考學校，他們的第一志願是基隆女中或省立基中，只有我，天不怕地不怕（其實根本不懂怕）到台北考北一女。從小城市到大城市讀國、高中。

　　當同學已經回到家吃冰、看故事書、洗澡，我還在誤點的火車上搖搖晃晃，觀看車上來去的各校男女生發生了什麼

故事。

當同學已經準備上床睡覺，我才剛剛拿起課本準備寫功課，因為不會背書，被媽媽罰我在屋外被蚊子大隊進攻之中苦讀。

當同學還在夢鄉，天也沒亮的時候，我就要背起書包，睡眼惺忪的走一段山路，在雨中或是寒風中，半跑著趕八堵站停靠的火車，數一數有誰誤了這班車。

我藉著火車通學九年之久。太多別人的故事發生，太多我自己的奇遇發生。別人努力啃書，我則是忙著在每個車廂穿梭，傳遞情書。還有，拿起雨傘教訓性騷擾的男生。

即使是從台北火車站到總統府旁的北一女上學，我也會想盡辦法換不同公車、走不同的街道上學。

星期六放學時，大家急忙趕回家吃午餐，我卻頂著大太陽，在台北陌生的巷弄間，尋找販售香港明星照的小店。因著這樣的訓練，我很會看地圖、很會找路，到國外自助旅行，很少迷路。

只要有機會，
我不停的旅行、看世界

　　我跟著學校遠足、郊遊。即使是熟悉的基隆中正公園，我也會走出不同的路線，甚至利用假日，把每條路走上一遍。

　　我在自家的山上自由亂走，尋找標本，追逐野兔，跟著舅舅上山打獵，冒險心蠢蠢欲動著。

　　我跟著擔任小學老師的媽媽在春季、秋季四處旅行，最遠去過墾丁。在苗栗獅頭山的車禍中驚險獲救。

　　單單這些還不夠，喜歡探索世界的我，由於媽媽管教甚嚴，只能偷偷結交住在全台各地的筆友，利用假日到各地探望，包括基隆、台北、青潭、宜蘭、彰化……。

　　中學時，媽媽不准我在外面過夜，直到大學開了戒，我參加救國團舉辦的夏令營，到過最高的玉山、去過最遠的金門。

　　所以，結婚的時候，當我跟舜子老公商量去哪裡度蜜月時，他提的每一個名勝古蹟，我都去過，甚至去過兩次以上。

於是，開放國外觀光之後，我開始踏上出國的道路。從參加旅行團，到我跟朋友去國外自助旅行，我竟然實現了從小在海邊許下的心願——環遊世界。看到地球上許多的新鮮玩意，體會到這個世界如此的奇妙多變。

我更愛自己的國家，我也更感謝上帝創造這個美麗星球。讓我可以張開眼睛，打開心胸，每天閱讀這個世界，每天都有嶄新的收穫。

我曾經在一部電影中聽到一段話，與其想像這個世界的美麗，不如親身走一趟，藉著旅行，認識世界，然後，你就會愛上他。這樣的收穫、這樣的豐盛閱歷，是專屬我的寶貝，誰也搶不走的美麗資產。

當我書寫一篇篇文章、一本本書籍的時候，旅行的經驗，成了我一大助力。

尋找你嚮往的地方

　　尋找一本旅行書，書中寫的是關於你喜歡的、嚮往的城市或國家。

　　城市可以是大都市，例如東京、紐約、羅馬、巴黎等。也可以是小城市，義大利的龐貝、德國的不來梅、中國的大庾（我的家鄉）、荷蘭的高達。

　　國家可以是日本、美國、南非、俄羅斯或巴布亞新幾內亞、象牙海岸等小國。

　　接著，寫下你喜歡這個地方的原因，例如龐貝曾經被火山灰掩埋、南非有一座開放的野生動物園、高達的起士非常好吃。

　　像我嚮往愛爾蘭，是因為受到電影《遠離家園》的影響，還有，愛爾蘭是目前獲得諾貝爾文學獎最多的國家。

　　然後，寫下這個城市或國家值得你研究的地方，透過這

本旅行書，你增加了什麼知識。

如果你未來要去這個地方旅行，你最想看的是什麼？

寫遊記最重要的一點，就是不要像流水帳，從前一晚買野餐開始，寫到半夜興奮得睡不著，集合時遲到，在遊覽車上同學很聒噪，然後又把所有的遊樂設施介紹一遍，這樣的文章既無趣，也不生動。

最好是從整個旅程當中，挑一段最有趣、最搞笑、最難忘、或是最另類的經驗，記錄下來。你可以參考許多的旅遊書籍。

例如我在《世界變得更美麗》這本書中，有一篇文章從市場販售的彩色菜籃，寫到媽媽的菜籃裡的寶貝。也寫過我在南非探望「愛滋寶寶」，抱著他們不停流淚的難捨心情。

PART 3

因為
多聽多看
所以寫得
生動有趣
養成敏銳的觀察力

我爬過世界最大的岩石——
澳洲的愛亞斯岩，坐在岩石凹洞中，
聽著沙漠裡的風聲呼呼。
我攀登過東南亞最高峰——
玉山，站在峰頂烈烈陽光中，
我彷彿聽到群山的呼喊。
我去過德國的最高峰——
齊格峰，山谷中有座小教堂，
清脆的鐘聲，悠揚在山谷間。
我到過法國最高峰——
白朗峰，在白雪堆積的峰頂，
緊握著一杯熱咖啡，
身邊交錯著許多國家的語言。
我到過瑞士的高山——
少女峰，山上有冰河，
空氣稀薄間，我差點停止呼吸，
依稀聽到遙遠的故鄉有人正在為我禱告。
畫面與聲音，交織成一幅幅動人的風景。

於是，你知道——
風會說話、河水會說話，
雪花融解的時候，正在唱歌。

看一看大自然、
聽一聽大自然
有誰比它更美妙

　　寫自己身邊的東西往往比較容易，因為最常接觸它，可以就近觀察它，比較不會寫得太離譜。而一個人的觀察力是天生的，可是，我們常常忘了使用它。

　　例如：生日蛋糕。漫不經心的人，只知道它是一個蛋糕。但是，比較仔細的人，會看看它是奶油或巧克力的，裡面是什麼餡，水蜜桃、奇異果、核桃……還是布丁。更仔細一點的人，還會觀察它是哪一家出品，它的外包裝是否環保，它附的蠟燭好不好看。

　　訓練我們的觀察力，不妨先從大自然的動植物開始。

　　無論是已經絕跡的恐龍、超人氣的大貓熊，隨四季變色的葉子、五彩繽紛的花朵，地上爬的螞蟻、空中飛的鳥、海裡的魚，都有奇妙的造形，真是令人拍案叫絕。

每搬一次家
就有一次新鮮經驗

　　我的童年是在外婆家度過的，外婆家的後院直通海水浴場，海邊的沙灘是我的遊樂場，貝殼、魚蟹是我的好朋友，嶙峋的礁石留著我割破腳趾頭的血跡，滑落地平線的船隻帶著我環遊世界的夢想，曬在竹竿上的一列列漁網，則是我跟同伴捉迷藏的所在。

　　我寫海、寫船、寫燈塔、寫我的初戀，甚至訪問過燈塔裡的人，都是來自童年的這一段記憶。

　　搬到劉銘傳路，我對劉銘傳這個人產生好奇。每天沿著小山坡回家時，我喜歡穿越不同的巷弄，在家家戶戶晾曬的衣物下穿梭，跟著貓咪的腳蹤狂奔，圍繞著小販的三輪車，欣賞他販售的新奇玩意兒。

　　關於貓、關於叭噗冰淇淋、關於醬油拌飯的溫暖趣事，都是這時候留下的。

　　住到中漁新村之後，鄰居多半是出海捕魚的人家，屋簷

看一看大自然、聽一聽大自然　　*83*

下晾著魚乾，後院養著雞、鴨、鴿子，池塘裡則是河邊撈來的魚蝦。當時，每到夏季，所有人家的孩子都到暖江戲水，河邊開滿了有著仙女身影的水薑花，讓我到現在還喜歡在夏天買一把水薑花，插在花瓶裡，懷想童年時光。

竹籬笆邊的小黃花、後院的月光、池塘的蛙鳴、躲在鄰居窗下偷聽籃球比賽轉播、過年時家家戶戶的年糕臘腸……，到現在還是那麼的清晰。

我擁有一座山的寶藏

崔老師曾經說過,大自然是我們最棒的老師,大自然也有著最豐富的寶藏,只要仔細觀察,就有寫不完的素材,而且,寫出來的文句比誰都生動。

基隆四面環山,我住的過港路更是被青山緊緊包圍著,前面則是緩緩流過的暖江——基隆河的上游,曾經有許多人在此撈金子,更有特殊的壺穴景觀。每天晨昏,從台北到瑞芳、蘇澳等地的火車轟隆隆的經過。

當時山上只有四戶人家,人煙稀少,相對的,也安靜得多。

因為博物課(現今生物課)要採各種標本,我名正言順的在山裡遊蕩,放學之後,更是流連忘返。媽媽叫我回家吃飯,晚了,還會挨罵、罰站。第二天,我卻照樣上山。

不同樹木的葉子,都有不同的形狀,圓形、心形、長舌形、巴掌形、刺刀型……。我最喜歡小徑邊的含羞草,如我一般的個性,輕輕碰一碰,就低頭了、睡了,怎麼也喚不

醒。更有不同顏色的花朵，紫色、黃色、紅色、白色，甚至一日變三色的芙蓉花……。

小池子裡的蝌蚪更是我每天問候的對象，從芝麻小點長成綠豆大小，接著，後腳、前腳先後冒出來了，然後，變成青蛙，跑到草叢裡構築另外的家。

山上駐紮的軍隊，更是帶著神祕色彩，曾經非常非常的接近他們，阿兵哥們卻阻止我往更深的地方探索，我遂幻想那裡有個祕密基地，住著許多外星人，等我們睡了，漫遊天際。當我有機會跟著舅舅上山打獵，深入深山，看到更高大茂密的樹木，我才知道什麼是森林。

我也喜歡觀賞動物奇觀的影片、人與動物的電影（例如：《狐狸與我》、《剛果》、《冰原歷險記》、《迷霧森林十八年》、《101忠狗》、《鼠來寶》……），也是我了解動物的管道。

從每種動物的習性及生長過程中，我發現大自然的生物間，蘊藏著許多挖掘不完的有趣寶藏。

從此，
愛上寫作

聽聽大自然，
它正在跟你我對話

當我們習慣用眼睛觀看世界，卻忽略耳朵的功能，錯過許多的美好聲音。只有眼盲的人，才會告訴我們，聲音也有許多的故事。

我訪問過盲歌手蕭煌奇，他告訴我說，失明以後，他的聽覺變得更敏銳，他的耳朵，變成了他的眼睛。

他的眼睛雖然盲了，心還是打開的。

相傳古代有一位公冶長先生，會聽動物說話。電影《怪醫杜立德》則是演出一位可以跟動物溝通的獸醫。當我每次望著電線上的麻雀、懷裡的小狗，或是玻璃船外優游的彩色海魚，我好希望自己可以跟他們溝通，聽聽他們嘰嘰喳喳、汪汪叫些什麼。

動物會發出聲音，不稀奇，我們可以從他的聲音高低、大小、長短……等頻率，判斷他在生氣、肚子餓、生病或高興。

但是植物呢？植物會說話嗎？就像電影《魔戒》裡的老

樹們，當家園被毀，群起發出怒吼，震動山谷？

很多年前，我到夢幻湖健行，經過一片翠綠的竹林，熱得渾身是汗，剛好一陣風過，大家享受著清風的涼爽，我卻輕聲低呼，「快聽，竹子在說話，刷啦啦、卡哩哩，一陣又一陣，多麼好聽。」

我聽得簡直入了迷。此後，每次經過竹林，我都會停下腳步。

電影《十面埋伏》中的壯觀竹林，更是讓我心動。當我有機會造訪重慶時，特地到了「茶山竹海國家森林公園」，看到那些高聳入雲霄的竹兄竹弟們，只能用「嘆為觀止」來形容。

我跟著砍竹工人出入，我繞著竹林打轉，我登高望竹浪翻滾，他們，是否嚮往外面的世界？還是，他們以為自己的世界就是世界？

那麼，山河、海洋會說話嗎？當然會，你必須仔細聆

聽。

　　遇上颱風的日子，站在八堵橋頭，就可以聽到暖江的怒吼，抗議著巨石的凌虐、泥沙的汙染，簡直可以媲美海洋的澎湃。雖然頂著颱風上學，渾身溼透，挺不好受，卻是我放學時，最感興趣的戲碼。如果剛巧停了課，我就會趴在自家的窗口，聽著滾滾暖江的另一樂章。

　　還有還有，台灣這塊土地我喜歡的度假勝地之一：武陵農場，去再多趟我都不厭膩。尤其是住在武陵賓館時，白天有白烏鴉飛過，溪裡有國寶魚——櫻花鉤吻鮭。重頭戲則是夜晚時分，屋旁的七家灣溪的流水聲，正為我演奏著一首又一首的小夜曲。

　　朋友嫌吵，無法入睡，我卻枕著頭，讓思緒飄啊飄，飄回外婆家海邊，那不息的浪濤聲，聲聲催我入眠。

觀葉，最美的畫展。
聽海，最動聽的音樂會。

　　有一年秋天到濟州島旅行，在漢拏山的山腳下，團員採購土產，我則沿著落葉大道漫步，撿拾著一片片的紅葉，驚訝的發現，由於葉子因應冷空氣而儲存的糖分不同，每片葉子的紅、黃或淡綠之間，形成不同的圖案，彷彿是一幅幅美麗的圖畫。

　　日本有一位鳥巢專家，他研究過全世界的各種鳥巢。

　　你知道他是怎麼開始的？他小時候，注意到他家院子裡一個空掉的鳥巢，他感到好奇，到底什麼鳥曾經住過這個窩？

　　於是，他開始觀察其他的鳥巢。長大以後，他到世界各地旅行，並且做成記錄，寫下很多關於鳥巢的故事，而成為

鳥巢達人。

　　請你尋找五種植物的葉片，仔細觀察他們的形狀、顏色，每種葉片用五句話描寫。

　　例如，它中間淺綠、邊緣深綠的配色，好像媽媽的裙子。長長的葉片，讓我想起海藻口味的牛舌餅……。

　　接著，請你記錄五種水的聲音，並且描寫這些聲音的不同。

　　例如海邊觀浪的聲音，水龍頭流出水的聲音，從水桶裡把水倒出來的聲音，洗車廠沖洗車子的聲音，下雨天雨點打在窗玻璃上的聲音……。

看看人與人，
他們有什麼特別
男女老少各有不同細節

　　小時候，最興奮的就是家裡來了客人，因為繼父在漁業公司上班，所以最多的客人就是到世界各地航海的船員。除了好奇他們帶來什麼禮物，更有趣的是他們的談話。從談話當中，我可以蒐集到各種趣聞，增廣了我許多見識。

　　同時，也印證了我閱讀的《辛巴達七航妖島》、《哥倫布發現新大陸》、《老人與海》……是那麼真實。而這些跑船航海的人，都有一個共同的特徵，黝黑的皮膚、粗獷的笑聲、不拘小節的大口吃肉與喝酒。

　　那時候，我竟然還傻傻的許下心願，長大以後要嫁給皮膚黝黑的男人。所以，我不太喜歡皮膚白皙的男生。

做一個
觀察細微的人

童年閱讀的書籍之中，除了童話，最喜歡的就是福爾摩斯探案。作者柯南道爾把每個人的服裝、說話、表情、動作……等的細節，描寫得絲絲入扣，藉此偵破一樁樁奇案，令人拍案叫絕，可見得他平常就是觀察細微的人。

也因此，養成了我喜歡觀察人的習慣，很容易從別人的蹙眉、轉眼、撇嘴當中，猜出他們的心意。缺點就是，我變得比身邊的人敏感，也比較容易受傷。但是，對我的寫作來說，卻有很大的幫助。

崔老師也說過，文章要寫得生動，就要從細節著手，當別人閱讀我們的文章，每樣東西都會變得栩栩如生，才能引人入勝。

小學時，我每天要花半個多小時搭公車上學，我坐在兩大排面對面的座位上，晃著腳，看著窗外飛逝的風景，過了過港路，彎向八堵路，穿過八堵、基隆兩個隧道，基隆就不遠了。

看看人與人，他們有什麼特別　　*93*

看膩了，就收回眼光，開始在每個乘客臉上、身上巡遊，於是，我發現每一站固定跟我搭同一班車的人，也欣賞著每個車掌的長相，還有，自以為沒人注意到的扒手。

　　現在搭公車時，我還是習慣這樣東張西望，絲毫不得閒。有一回，望見一位司機，手指上戴著很顯眼的一枚戒指，我隨即醞釀一篇小說，從司機的戒指破獲一樁搶劫案。還有一回，我罹患癌症那一年，我寫了一篇散文〈手〉，記錄我的心情，其中包括我快睡過站推醒我的手、想要扒竊我口袋的手、媽媽扶持我的手、女兒關心我的手。

　　我搭火車通學時，從八堵到台北至少要花一小時，所以有座位坐，變成十分重要的事。每回我上車以後，就要眼觀八方，看看誰會在七堵或五堵站下車。久了，猜人觀人的功夫了得，大概八九不離十，都會被我猜中。

　　有一位在七堵上班的叔叔，當時我猜想他會很快下車，站在他前面等待，因此認識了他。每回我上車，他都會主動

招呼我過去，坐他下車以後空出來的位子。這也算是觀人功夫的意外收穫。

當我到國外自助旅行時，這套功夫照樣派上用場，不管是在歐洲哪一個國家、哪一座城市迷了路，光會說英語還沒有用，必須找到會說英語的歐洲人問路，這才是大學問。當英語流利的同伴，一個個上街問路碰了一鼻子灰之後，說也奇怪，我站在街口觀察一會兒，攔路下來問路的人，百分之九十都會說英語。

有一次在德國海德堡，竟然攔下一位會說中國話的美國人，同伴們不得不佩服我的觀人功夫。

逛街，
不要只看櫥窗，行人更好看

　　有人喜歡鄉居生活，蟲鳴鳥叫雞啼，比任何樂團的演奏更動聽，各種植物的風姿綽約，不輸給市中心嗆辣酷炫的美女們。

　　有人羨慕住在大城市，百貨公司、電影院、摩天輪、明星簽唱會……，多麼的熱鬧。

　　我喜歡鄉間生活，但也喜歡逛街，用自己獨特的方式，它算得上是我的休閒之一。

　　就讀信義國小時，從公車站到學校，會經過仁二路，穿過愛三路，沿路都是各種小販，賣吃的，例如肉丸、天婦羅、捏麵人、烤香腸，也賣玩耍的遊戲，賽馬、射輪盤、抽籤，看久了，我可以識破騙人的老闆。

　　讀北一女時，到西門町逛街。讀銘傳時，到東區逛街，朋友對櫥窗裡的服裝、配件感興趣，我卻喜歡坐在路邊，看著人來人往。看他們的服裝、他們的包包、他們的髮型，還有，他們的表情，猜測著他們的心情。

　從此，
　　愛上寫作

於是，當我到國外旅行，我拍了很多風景照，也拍了很多天真可愛的小朋友、青春活躍的少男少女，以及寂寞迷茫的單身女子，不停的幫他們寫故事。

我觀察他們跟身邊人的互動，也觀察他們隨身的家當，寫過英國劍橋賣藝的大學情侶，寫過土耳其伊斯坦堡賣絲巾的老婦，也寫過義大利陶敏納抱著孩子乞討的年輕媽媽。

當然，路邊也會有不少「奇遇」。

小學時，就有怪叔叔想用鈔票騙我跟他一起走。

台北火車站前賣水果的小販，收了錢，竟然暗地裡挑爛水果給我們。

最誇張的是，十字路口跟我借錢的機車騎士。

下班時，從汀州路轉向羅斯福路，正要過馬路，紅燈亮了，機車騎士停在我面前，戴著安全帽的他低垂著臉，好像很難為情，啟口說他要回中壢，沒有錢加油，借他一百元就好了，保證第二天同時間同地點，他一定還我。

憑我多年的觀人經驗，直覺他是騙人的，而且騙得很技巧，不跟我一次借太多錢，免得我起疑心，或是捨不得借給他。偏偏，我口袋裡剛好有一百元，我想，驗證一下人性吧！或許他是真的缺錢，即使損失，也不過是一百元。

　　結果可想而知，第二天、第三天……，他不曾出現過。

　　我幫他仔細算過，二十個路口，停車借錢，即使成功一半，半小時之內可以騙到一千元，一天下來，成績可觀。

　　為了避免別人上當，我立刻把這次經驗寫成文章，提醒其他人注意。

他的長相很另類

兩地之間的往來，必須搭乘各種交通工具，這不但可以接觸到各種人，也是練習觀察人的最佳場所。

《娜塔莉的地鐵車票簿》，就是法國作家娜塔莉在巴黎地鐵上，每天觀察乘客的筆記，幾乎是一篇描寫一位乘客，整本書生動有趣，完全來自她的細心揣摩，當然，還加上想像力。

我曾經夜晚失眠時，跟便利商店的店員聊天，他說了許多顧客的奇聞，我則寫下小說《她的情人名叫孤單》（收錄在幼獅文化出版《花式夢幻》中）。

找一個同學，現在班上的、過去班上的、補習班的、才藝班的、遊學團的，都可以。然後，仔細觀察他的一舉一動，他的穿著打扮，他的喜怒哀樂，然後，寫下他的故事。

找一間雜貨店、小吃店、咖啡店、花店或服裝店的老闆，是你完全陌生的。

　　想辦法認識他，也可以跟鄰居打聽，再透過你的觀察（當然，光顧他的店，這就要小小投資一番了），然後，寫下你所知道的他（她）的故事，或是他賣麵，賣花的心得。

　　以花店為體裁，我寫過《夢想愛麗絲》，以咖啡店為題材，寫了《玫瑰的名字》，這些，都來自我的觀察。

看看你的周遭，有什麼怪異離奇的事情

來一趟你的奇幻旅程

　　走在街上，只要有一個人抬頭望，就會有第二個人，然後愈來愈多人抬頭望。你問他們看些什麼？他們大都是搖搖頭說，不知道，大家都在看，湊個熱鬧吧！

　　於是，火災現場擠滿了人，消防車卻進不去。

　　車禍現場沿路塞成了車陣，救護車卻無法救人。

　　甚至只是情侶在馬路邊吵架，也會有人圍觀。

　　喜歡看熱鬧是一般人的特性，如果把他轉化成你的好奇心，追根究柢，則是另一番收穫。

好奇寶寶的奇幻旅程

我是個好奇寶寶，看到奇怪的事情，我一定會衝過去瞧個究竟。

小時候，膽子特大，因為外婆家在眷村裡，有什麼事情發生，門外一定聚集了人，指指點點、說三道四，人群之中，少不了我嬌小的身影擠在夾縫中。於是，我看過跳海自殺的女人，泡腫的腳丫子。看過服毒以後跳井的鄰居媽媽，指甲裡都是泥土。更看過偷柚子、偷橄欖的小孩，攀牆爬樹的靈巧身手。

到了劉銘傳路，夜裡一片漆黑，又沒有路燈，廁所位在屋子最後，必須經過黑暗的走道，打開一扇依呀作響的木門，廁所窗外總是有閃閃發光的東西，鄰居男生嚇我是鬼火，還繪聲繪影的另外加添了吊死鬼的故事。於是，夜晚的廁所成了我的禁地。

當時，繼父值夜班，媽媽總是緊緊抱著我睡覺，因為她害怕啊！憋不住尿的我，悄悄起床，晃了晃媽媽，媽媽看起

來好像是裝睡，又好像是真的睡著了，我如果尿床會挨媽媽打，只好自己壯起膽，去上廁所。當發光物體又出現時，我鼓足勇氣大喊一聲，「牠」跑掉了，原來，那是貓的一對眼睛。

小六時，從信義國小轉到了暖暖國小，完全依山的學校，兩個操場，一個在平地，一個在山上，必須走長長的石階才能上去。夜裡沒有燈，四圍一片漆黑，連旁邊的住家也隱入了黑暗。

男生經常嚇唬女生，山上的操場多麼可怕，除了鬼火，還有鬼。可是，讓我覺得奇怪的是，既然如此，為什麼男生常常趁輔導課的空檔，跑到山上的操場去？他們的理由是，他們膽子大，不怕鬼。

於是，我為了揭開祕密，硬著頭皮，不顧所有女生的攔阻，走向山上的操場。那時剛剛下過雨，只見遙遠的山邊有兩團綠火互相追逐，好像玩官兵抓強盜。後來我才知道，附

近山坳裡有些墳墓，所以才會造成鬼火的假象。

　　更令人詫異的還在後頭，因為夏天炎熱，許多山裡的蛇從草叢裡出來納涼，一條條躺在操場上，鋪成了蛇毯，嚇得我腿都快軟了，連忙跑下石階。

　　因為我勇於揭開怪事的神祕面紗，單單是小學的奇特遭遇，足夠我寫幾大本書了。

張大眼，看看周遭的奇特景象

　　大樂、小慧念小學時，我開始寫兒童故事，很希望他們提供素材。所以，我常常跟他們聊天，問問學校有什麼新鮮事，沿路看到什麼奇怪事。

　　於是，他們成了我的包打聽，上學途中，打招呼的阿兵哥、電線桿上的色情海報，還有，奇怪的車子在偏僻的路邊停了好幾天。

　　我問他們為什麼覺得奇怪？路邊本來就會停放車子的。

　　因為地方很荒涼，沒有住家，只有稻田。他們回答。

　　沒想到，後來新聞報導，那輛車是失竊許久的車子，而且還發生了命案。如果我們早一點去探查，不曉得是否可以救回一命？

　　之後，我到某所私立女中教作文，少數幾位同學選不上其他社團的課，被迫進了寫作班，嘟著嘴、掛著臉，好像我得罪了她似的。

　　我教我的課，愛聽不聽，是她們的損失，跟我沒多大關係。但是，想到要跟她們相處一學期，面對一張張沒有笑容的

臉，還是挺難過的。我應該想想辦法，讓她們不討厭作文課。

　　我問她們，每天搭校車時，做些什麼？

　　睡覺補眠、背書、吃早餐、聊前一晚的電視劇、聊八卦、發呆……，總之，她們覺得搭校車很無趣，只想趕快到學校。放學時亦然。沒幾個人把搭校車當作一件樂事。

　　後來，我建議她們，不妨看看窗外經過的人家，經過的橋，經過的車輛，有什麼不一樣的發現？然後，找出答案。

　　有一位本來上課冷冰冰的同學，意外發現一家人的屋頂堆滿電視機，於是寫了一篇故事，描寫屋子裡住著一位怪老人，因為曾經在電視裡看到他失蹤的女友，於是，到處蒐集電視，希望找回失落在電視裡的女友。我大為讚美，以她的文章為範本，鼓勵大家多多從生活中搜尋離奇現象，然後加上自己的想像，就是一篇生動的故事。

　　從此以後，這一班寫作課的同學，每次都迫不急待分享她們的意外發現。學期結束以後，她們都訓練了一雙敏銳的眼。

看看你的周遭，有什麼怪異離奇的事情　*107*

聽一聽，
今天又播報了什麼新聞？

　　每天都有許多新聞，報紙的、電視的、網路的、校園傳說的。

　　今天掩蓋了昨天的，明天的又繼續不斷發生。而其中，總有一些令人印象深刻的，成為我們學習觀察力的範本。

　　平常我們看到搶案、竊案的報導時，頂多嘆一口氣，「唉！不景氣嘛！」可是，有一位細心的旅館經理，看新聞報導時，卻猛然醒覺，從台北搭高鐵到高雄偷銀樓金飾的兩位歹徒很像他的房客。

　　因為兩位房客的行徑很特別，一般人都是刷卡付費，他們卻付的是現金，所以，當時這位經理就多看了他們幾眼。第二天早餐時，經理跟這兩位房客聊天，他們卻閃閃躲躲的不想回答，更是引起他的好奇。

　　這一件案子的破獲如此快速，對警方來說的確意外，完全歸功於旅館經理的觀察仔細。

　　捐肝臟給媽媽，媽媽等不及，先走了。背後有著什麼樣

的感人故事？當時一家人吃一碗麵的故事，不也是因為令人高度注意，引起許多迴響。

　　想想看，今天在你周遭有什麼特別不一樣的事情？

今天的新聞很奇怪

　　你發現沒？報紙的新聞往往只有上集，沒有下集，除非這一則新聞引起很多人重視。

　　例如離家流浪的小孩，要找他的媽媽，被好心的警察收留。然後呢？他到底有沒有找到媽媽？報紙上找不到答案。

　　例如失業許久，沒有錢買飯給孩子吃的爸爸，只好去搶錢，被搶的人沒有怪他，還幫他找工作。但是，這位父親卻拒絕了。

　　之後呢？這位爸爸到底有沒有找到工作？到底有沒有賺到錢？還是，他在一次搶錢時，被圍毆的群眾打死了？我們不知道。

　　挑一則令你好奇的新聞，寫出令你納悶的地方。

　　例如，水果攤老闆被搶的新聞，附近有很多水果攤，為

什麼歹徒只搶他？搶了多少錢？歹徒是什麼身分？請按照現有的線索，寫一篇短文，關於你的觀察心得。

挑一個讓你印象深刻的畫面，寫出為什麼令你印象深刻。

例如，街頭走過兩個女生，打扮相當時髦，顏色更是花稍，但是你猜不出來她們是朋友、是母女、是姊妹、是同學？

請從她們的裝扮、談話內容、長相，列出相關的線索，推測她們彼此的關係。

PART 4

因為想得多又遠
所以海闊天空

聯想力與想像力的重要

讀很多書，學會如何觀察，
懂得文字的奧妙，還是不夠。
當我們的生活貧乏、生活單調時，必須靠著聯想力，
想出跟主題有關的話題，豐富我們的寫作內容。
例如：鳳梨。
你可以聯想到鳳梨酥、鳳梨乾、
鳳梨大餅、鳳梨水果糖……
添加想像力之後，可以讓鳳梨跟其他東西搭配，
鳳梨炒蝦仁、夏威夷鳳梨炒飯、鳳梨海鮮盅、
鳳梨炒雞丁、鳳梨排骨……
甚至更誇張一點的鳳梨頭（髮型）、
鳳梨圖案的服裝和包包、鳳梨塗鴉的外牆、
鳳梨博物館，鳳梨般的生命多刺多辛酸……

這的確是事實——
缺乏想像力的文章，好像吃鳳梨渣。
有了想像力，你可以搭乘鳳梨飛機去旅行。

聯想力的練習

從甲想到乙想到戊，寫作體裁更廣泛

　　當你看到作文題目，第一個念頭就是，你要寫什麼？

　　如果你想得很近很淺，就好像早期的電視劇，離不開客廳、餐廳、臥室，你的格局拉不開，自然也不容易寫得多彩多姿，引人入勝。

　　尤其是平常生活簡單、不愛出門（只有上學、補習班、家裡三個點活動）、也不愛看書的人，更是難以下筆。

　　我剛開始就是如此。

　　小學二年級開始，崔老師要我們寫「我的媽媽」、「我的志願」、「上學途中」、「我最高興的一件事」……，不管是什麼題目，雖然跟實際生活已經很接近了，我通常還是撐著頭、皺著眉、咬指甲，發很久的呆。

　　但是現在不同。當雜誌社、報社、出版社的人跟我邀稿，我只要有時間、有概念，我都會很快答應。

當他們一邊說著撰寫主題、大致的方向、字數多少、截稿時間……，我一邊快速動腦，掛上電話前，我的腦子裡，已經有了大概的文章雛形。

　　為什麼可以這麼快速思考？都是來自我平常的練習，練習聯想力、外加想像力，久了，很快就能找到方向或是書寫內容。

　　小學剛開始寫作，崔老師並沒有教我們太多技巧，也沒有告訴我們開頭一定怎麼寫，或是給我們任何提示。她只是提醒我們，多用腦子想想，不要浪費我們的小腦袋。

　　我趴在桌子上，眼睛看著窗外飛翔的小鳥、飄過的白雲，想著舅舅做的風箏、路邊賣棉花糖的小販……，愈想愈有趣，有時候竟然覺得內容太多，不知道要選哪一部分書寫呢！

生活物品的聯想練習

　　我們先從生活中常見的東西，例如蔬果食物、日用品等，練習一下吧！

　　當你看到橘子，你會想到什麼？

　　你不妨從色彩、外觀形狀、水果種類、觸感、香味等聯想。

　　如果是從橘子的色彩聯想，那就是跟橘色相關的東西，例如太陽、向日葵、橘色脣膏、果凍、游泳衣等。

　　如果是從橘子的外觀形狀聯想，那就是圓形的，例如網球、球狀水果糖、地球、毛線球、冰淇淋……。

　　如果是從橘子的水果種類聯想，跟它有關的就是柳橙、椪柑、茂谷柑、葡萄柚、白柚……。

　　如果從橘子的香味聯想，那就是香水、女人、夏天、維他命C、橘子蛋糕、橘子布丁、洗髮精……。

　　你算算看，隨便想一下，就有二十幾種的相關事物，你可以從中挑選自己比較熟悉的素材或故事開始書寫，至少有了一個開頭。

某個心動鏡頭的聯想練習

　　不管我們在哪裡，我們的眼前每天都會出現不同的畫面，哪一個畫面令你感動呢？

　　小學的功課很多，多半就是抄寫生字、課文，幼小的妹妹已經上床睡覺，我靠著客廳的大木桌寫字，媽媽為了陪我，則是坐在牆角踩著縫紉機，幫我們補衣服，偶爾做新衣服。

　　每次我寫功課告一段落，習慣回頭看看母親，她低著頭專心車縫的鏡頭，回想起來，眼眶還是溼溼的。

　　請尋找你生活中的這些畫面，修理椅子的爸爸背影、哥哥投籃的姿勢、奶奶坐在陽台的搖椅中、小狗趴在桌邊搖尾要食物、王建民投出一記漂亮的指叉球等，請從這樣的畫面聯想，你想到了什麼？

　　如果是從百貨公司門口賣彩券的殘障朋友聯想，他提供的線索包括殘障、彩券、百貨公司……。

　　從殘障想起，你聯想到歌手蕭煌奇、作家劉俠、車禍過

世的親戚、殘障奧運、愛心商店、輪椅、賣口香糖的小販、市場賣衛生紙的殘障朋友……。

　　從百貨公司想起，可以聯想到周年慶、漂亮的櫥窗、美麗的模特兒、禮券、超級市場、聖誕老公公、情人節……。

　　從彩券想起，則是彩券行、中獎的人、開獎銀行、窮人、公益活動、環遊世界……。

　　除了這樣分解式的練習，你也可以整個畫面的練習，聯想到火車站賣原子筆的女孩、市場裡賣饅頭的老太太、十字路口發傳單的酷男孩、安全島上賣玉蘭花的母與女……。

　　各種的相關畫面蜂擁而出，你真的是應接不暇呢！

某個事件的聯想練習

我們身邊每天都有層出不窮的事件發生，有些如過眼雲煙，對我們沒有任何的影響，有些令我們印象深刻，很想記錄自己的心得。

如果你怎麼也想不起來最近發生的新聞，表示你當時不是很注意。

所以，從現在起，每周至少挑兩件引起你興趣的事件，練習聯想。這樣，當別人要跟你一起討論，請你發表意見，或是出題目請你書寫心得時，你就不會覺得太困難。

例如：想要捐肝給媽媽的女兒，你聯想到捐血一百次最後救到自己的人，捐錢給母校發展文創事業的人，明星捐二手衣服義賣，死刑犯捐心臟給病人，遭到家屬拒絕……，你強調的是「捐」這件行動，當你書寫時，就有了許多角度。

例如：學生從學校三樓陽台失足墜落。你聯想到自殺、不小心滑落、同學惡整、有人撞到他、陽台太低、學生靠著陽台睡著了等。

因為你不停的聯想，產生許多可能，當警察終於破案時，剛好可以印證你自己的聯想是否正確。

要知道，多練習聯想，你的腦筋可以活化，即使不用在寫作上面，研讀其他科目，例如數學、英文、化學……，都有幫助喔！

這讓你以後更有興趣常常練習聯想。

你的思想長了翅膀

從生活元素中尋找聯想的對象，例如水、杯子、筆、風、眼鏡，每一樣東西聯想十個相關物品，必須是實體的東西，不是像情緒這種摸不著的東西。

共有兩種適合你的聯想練習：

第一種練習

從鞋子想起，都是跟鞋子有關的物品，例如：襪子、地板、鞋油、鞋店、喬丹的鞋子、補鞋匠、小丑的大頭鞋……

第二種練習

從鞋子想起，每一個東西只從前一個東西聯想，也就是想到第三個，已經跟第一個的鞋子沒有關聯，想到第七個，鞋子早就到九霄雲外了。

這樣的練習，可以拉大你的思維，不會只限制在小範圍

裡。

　　例如：鞋子→襪子→羊毛→紐西蘭→魔戒→好朋友→搬
家→鄰居→怪叔叔→雨傘……

　　當你練習到一個程度，每次聯想，可以一口氣寫出一百
個，你就過關了。

想像力的練習
進入我們的異想世界

　　小學時，雖然作文得了很多「甲上」的評語，可是，對一個生活貧乏的小學生來說，很難想出不得了的題材可以書寫。

　　尤其是崔老師派我代表班上參加作文比賽，我因為寫得很普通，結果什麼名次也沒有得到，讓老師很失望，我自己也很難過，甚至認定自己沒有天分。

　　當時，老師出作文題目，經常是跟我們的家庭有關，爸爸媽媽、爺爺奶奶、或是弟弟妹妹，我的志願、我最難忘的事。

　　有一回，老師出了「我的父親」，要我們寫。我很苦惱，咬著筆桿，忍了許久，終於舉手說，「老師，我沒有爸爸，要怎麼寫？可不可以換題目？」

　　「你有爸爸，只是現在不在了，你還是可以寫。」老師沒有半點同情心，也不打算換題目。

　　我又說，「可是，我根本沒有見過我爸爸，怎麼寫？」

我想到的爸爸只有一張黑白照片，一本藍色封面的陣亡將士撫恤令，還有我傷心難過時的眼淚。

老師說了一句，「你可以用想像的。」

於是，我想起自己在潮溼的廚房裡生爐子，熏了一屋子煙，灰頭土臉的想像自己是灰姑娘，王子很快會來救我脫離苦海。

難道，這就是想像嗎？脫離現實，讓思路飛翔？

原來，寫作情節可以憑空捏造

我不是曾經有一次這樣的經驗嗎？

我因為考試成績不理想，考了全班第二名（媽媽的標準是第一名），被母親處罰，全身是傷，一邊痛得哭泣，一邊幻想爸爸在村子口出現，他的死亡是一項誤傳，他在戰場上獲救，輾轉逃到台灣，為的是跟我重逢。然後，福利社的老闆到我家叫我，說：「有一位溫先生找他的女兒。」

哇！我可以立刻撲在爸爸懷裡，從此有人為我遮蔽風雨。

原來，我的想像，可以變成文字，跟大家一起分享。靠著想像力，我度過無數孤單寂寞無助、被人欺負的歲月。

雖然我不記得那一次「我的父親」得了幾分？但是，這以後的父親節，我再也不害怕書寫有關爸爸的文字了。

不久後，崔老師要我們寫一篇「我的新衣服」，當時家裡環境不是很好，很多衣服都是外國傳教士捐贈給教會，媽媽領回來，再修改成我跟妹妹的衣服。怎麼辦呢？

我只好再度發揮想像力，把我跟妹妹的「印花姊妹裝」，假想成一座祕密花園，有飛舞的蝴蝶，有盛開的花朵，彷彿春天降臨。

　　崔老師看了大加讚賞，不但貼在公布欄給同學觀賞、學習，還對我說，「小平啊！哪一天把這件像春天花園的新衣服穿到學校來。」

　　我嚇壞了，哪有什麼新衣服，那是穿了好幾次的姊妹裝，花朵的顏色已漸漸褪色，只能想像她曾經的美麗。

　　幸好，老師提了兩、三次，見我沒有反應，以為我捨不得穿新衣服到學校，沒有再提。但是，我至少又驗證了一件事，我可以把想像的東西寫得像真的一樣。

想像力帶我們穿越時空

　　想像力跟聯想力不同，他最大的功效是可以海闊天空、天馬行空，即使是不可能發生的事情，都可以寫出來。

　　天空上有座城市（例如卡通影片《天空之城》）、月亮裡有吳剛和嫦娥，人類可以飛翔（例如《彼得潘》）、外星人降臨地球（這是電影裡用得最多的體裁）、衣櫥的門可以通到另一個世界（例如《怪獸電力公司》、《納尼亞傳奇》）、世界即將毀滅（例如《彗星撞地球》、《世界末日》、《明天過後》）。

　　我開一個頭，試著想像一下吧！

　　有一個女孩，頭上長了兩個角，一個是金的角，一個是銀的角，當她需要錢用的時候，她只要搖一搖金角，嘴巴裡就會吐出金幣。當她上學快要遲到了，她搖一搖銀角，她的雙腳就會長出兩個輪子，快速轉動……。

　　有一天她生病了，金角發生什麼事呢？銀角又發生什麼事呢？輪到你想像了。

你也可以利用單一物件想像。

例如眼鏡，有一副奇特的眼鏡，可以看到一個人的心事，於是，你戴著這副眼鏡出門，希望可以幫助別人。沒想到……。

例如雨傘，搭捷運時，你撿到了一把黑色的雨傘，它看起來很普通，你正想送去失物招領，黑雨傘卻拉著你走向出口，走向一家蛋糕店前面……。

就是這樣隨意想像，有沒有結局都沒有關係，想像久了，你自然可以寫出完整有趣的故事。

一個個想像，變成精采故事

　　自從我愛上想像的遊戲之後，我經常興之所致的讓一個個故事成形。

　　中學搭火車時，經常看到一個賣便當的大眼男孩，同學們一致公認他很可愛，有時候我也會跟他聊天，這才知道他因為家裡沒錢，所以初中畢業就外出工作。

　　聊了幾次以後，腦海裡有了畫面，我想像另一個女孩，因為天天搭火車，認識了這個男孩，開始跟他交往。可是，後來，他們分手了，因為女孩比男孩大了很多歲，她喜歡他，是因為他像她死去的弟弟。

　　這當然不是真實故事，而是我每天靠著車窗，看著男孩賣便當，想像出來的情節。

　　這樣的經驗太多了。

　　某次公車靠站時，我望見站牌旁的憂愁女子，正在等公車，可是，公車來了，她卻沒有上車，為什麼呢？我開始想像，她在等待誰，還是等一個永遠不會出現的人？

之後，我完成了一篇小說《等待的女人》，描寫一個從家鄉的站牌開始等待愛情的女人，她在每個站牌等待，一直等到白頭，她的愛情還是沒有出現。

　　早期的人想要出國，因為家裡沒有錢，也沒有開放觀光，對世界的好奇，真的只能靠想像的。

　　如果現在的你也是如此，不用擔心，你也可以利用想像，讓你的世界增加許多色彩。

如果你變成了鳥、魚、
貓熊、總統……

電影《神鬼願望》中,男主角在許願之後,體會到各種人物角色的感受。讓他知道,做一個有錢人不見得會得到愛情,因為每個願望都有不完美的地方。

你有沒有想過,如果你做了總統,你會變成什麼樣?

如果你擁有迪斯尼樂園,或是,你是一座海洋公園的主人,你就會變得很快樂?

請練習你的想像力。

想像你變成鳥,你會飛到什麼地方去?

想像你變成魚,你會是人魚公主或是海王子,還是專門吞吃船隻的大怪魚?

想像你變成貓熊,不喜歡吃竹子,你改吃巧克力蛋糕?

想像你變成一朵雲，你會飄流到什麼地方去？還是，鑽進貧窮小女孩的窗裡，變成一條輕暖的棉被？

　　想得愈誇張、愈離譜，愈好。

聯想力＋想像力
分不開的好朋友

如果你有一個好朋友，一定很喜歡跟他在一起，一起打球、一起逛街、一起看漫畫、一起說笑話，甚至於參加畢業旅行時，還喜歡擠在一起睡覺、說悄悄話。

聯想力和想像力的關係就像兩個好朋友，是不能分開的。只有聯想力，好像只有左腳，走不遠。加上想像力，彷彿你多了右腳，還多了一對翅膀。

以「眼鏡」來說，靠著聯想力，大概可以想到外婆的老花眼鏡、舅舅的太陽眼鏡、哥哥的近視眼鏡、伍佰的墨鏡等。可是，加上想像力，就可以變得更豐富。

例如：外婆戴起老花眼鏡，好像突然變成童話裡的虎姑婆，不准我看電視，不准我吃蛋糕，不准我打電話。我如果反抗她，廚房裡立刻傳來燉湯的味道，虎姑婆拿著一把長長的湯杓，在鍋子裡攪啊攪的。她會不會氣起來，把我丟進大

鍋裡一起煮？

　　小學時，我比教書的媽媽早回家，每次都要先鑽進廚房劈柴、點火起爐子，先在爐子裡鋪上捲成一條條麻花般的報紙，再放上一根根細木條，點燃之後，火正旺的時候，把煤炭一塊塊擱上去，這時絕不能太急，太快放煤炭，火就壓熄了，還得從頭來過。

　　萬一媽媽回家前，我還沒把米洗好、煮熟，就等著挨罵挨打。所以，我待在廚房裡的時間很長，無聊時，就會獨自玩著聯想力和想像力的遊戲，樂此不疲，有的就變成我的作文內容。

讓聯想力和想像力的
關係愈來愈好

好朋友，必須常常相處，才能培養感情。聯想力和想像力也是如此，你不妨尋找身邊的素材，自己命題、自己練習。

例如：雨滴。

聯想力的練習包括：屋簷下的雨滴、傘下的雨滴、頭髮上的雨滴、玻璃窗上的雨滴、沙漠的雨滴……

加上想像力之後，「屋簷下的雨滴」的聯想，可以變成——

每次雨剛剛落下的時候，雨勢還不大，大姊姊拿著一個臉盆，接著屋簷下的雨滴，不一會兒，臉盆裡滾動著無數晶瑩剔透的水晶球。

「傘下的雨滴」可以這麼寫——

他撐著一把雨傘，獨自走在夜晚的街頭，四周不見一個人影，只有沿著傘的斜坡緩緩流下的雨，滴在他的肩膀上，

好像那天他到車站送別她的時候，她滴下的淚珠。一滴、一滴又一滴，她離開他已經三天了，他從來不知道離別好像下雨的夜晚，讓人覺得分外孤單。

你知道嗎？上面這兩段想像的文字，我是一邊打字一邊寫出來的，絕對沒有事先練習，描寫的可能不是那麼完美、貼切，但這就是練習，你要把他當作遊戲，不是考試，也不是比賽，所以不要有壓力。

一個人練習可能比較枯燥，你可以找一群人跟你練習，同學或家人，大家一起腦力激盪，一起喚醒沉睡的聯想力、想像力這兩位好朋友。

全家人促進感情的方法

以前放學回家，大都是待在家裡，不像現在，孩子上安親班、補習班、才藝班，父母親加班、進修、兼副業，相處的時間不多。難得見面，或是結伴出遊，又要問功課、成績、未來的志願，實在有些殺風景。

倒不如利用郊遊旅行、探親塞車或周末度假時，全家一起聯想好玩的話題、想像有趣的故事，說不定可以促進彼此的了解，甚至讓爸媽刮目相看，原來我家的兒子、女兒這麼厲害。

實際演練的時候，如果出的題目是：蠟燭兩頭燒。

不妨先想想看，把蠟燭兩頭都點燃了，跟只點燃一頭的蠟燭比較，當然是兩頭燒的蠟燭燒得快。

孩子聯想練習：爸爸白天爬電桿，晚上開計程車，假日去搬家公司，好像蠟燭兩頭燒。

這表示孩子很擔心爸爸的生命與健康加倍消耗，萬一病倒了，怎麼辦？

爸媽聯想練習：好像白天上課，晚上補習，半夜偷偷起

床玩線上遊戲的學生，也是蠟燭兩頭燒，甚至中間還加了一把火。

這表示爸媽知道孩子為什麼常常打瞌睡，因為他經常睡眠不足。

孩子加上想像力——

爸爸開了十小時的計程車，不小心，竟然把計程車開進海裡，海水中間分出一條路，路邊有人招車，爸爸把車停下來，仔細一瞧，是隔壁車禍去世的郭伯伯。他猛然嚇醒，發現自己的車子一半伸出碼頭，差點掉進海裡。

爸媽加上想像力——

孩子半夜玩線上遊戲，因為太累了，不曉得什麼時候睡著了，遊戲裡的魔王對他說，「你這個貪睡的小孩，我要把你的靈魂收走了。」小孩突然跑進遊戲裡，成為魔王的手下，再也無法回到自己的家。

當然，不能每次都這樣聯想，親子間會吵架的，到時候責怪對方指桑罵槐，鬧得不歡而散，豈不是有違你當初的美意？

一個人打發時間的妙方

從國一直到我結婚那年，整整十五年的山居歲月，提供了我很多的想像空間。我給自己的家取名為「山上的綠屋」，綠屋有一個紅色大門，門牌是過港路58-3號，後來改編了新的號碼。

大門口有一株年年開紅花的扶桑，門裡面有一棵柚子樹（如果現在的屋主沒有砍掉的話），牆角是雞蛋花，院子裡種了不少繡球花，樹下埋葬了我的許多燒成灰燼的情書、日記，內門口的小花台，曾經是媽媽藏金子的隱密所在。

後山的木瓜樹下，則是我家忠心耿耿的老狗安息之處。這個題裁，我用聯想力加上想像力，寫成了一篇小說《動物森林》，有關父親與女兒埋狗的故事。

有人覺得住在山上很無聊，的確也是如此。我每次放學或下班都必須獨自回家，很少跟同學、同事在台北遊蕩，以免媽媽操心兼擔心。

十五年來，我就是靠著聯想力加想像力遊戲，度過了許

多晨昏，也讓我的生活變得更加豐富有趣。許多人看過我寫的故事，以為我家附近住著不跟鄰居往來的有錢人、怪癖的退休伯伯、金屋藏嬌的花園洋房男主人，後山埋著日軍留下的無數罈寶物，其實大多數是我編出來的。

　　所以，不要抱怨生活無聊無趣，與其天天看漫畫看得文字表達能力落後，或是經常打電動打得頭昏眼花變成大近視，倒不如藉著聯想力、想像力，刺激你的腦力，讓你變得更聰明，更有創意。

譜一首自己的狂想曲

聯想加上想像,可以讓一篇文章變得更豐富。

《浮標》這本圖文書中,描寫的是引導行船人的浮標,它整天泡在海水裡,哪裡也不能去。但是,它的周遭卻有許多的朋友,例如:船隻、鯊魚、鯨魚、螃蟹⋯⋯。書中寫的是浮標跟海鷗、海豹這兩個好朋友的故事,文字當中充滿想像力。

請用日出、巧克力、運動鞋、音樂會、小狗等五個元素（元素無分先後）,利用聯想力加上想像力,寫成一篇小故事。

請以校門口一家冰店,運用聯想力加上想像力,寫一篇賣冰姊姊（或賣冰哥哥）的故事。

請以一種你熟悉的動物,例如狗、貓、烏龜、鬥魚、兔

子等，運用聯想力加上想像力，寫一篇動物的故事。

PART 5

因為多說話所以靈感更充沛豐滿

練習說故事，幫寫作加分

上帝給了我們一個嘴巴、兩個耳朵、
兩個眼睛，要我們多聽、多看、少說話。
但是，不是不說話。
現在很多人說話，贅詞贅字一大堆，
抓不到重點，而且辭不達意，聽不懂他們說什麼。
那就是因為說話的練習不夠。
練習說什麼呢？
不是要你當演說家，只是說一個引人入勝的故事。

那麼，說故事，跟寫作有關係嗎？
當然有關係，說故事訓練你的口舌、
你的組織能力，刺激你的腦袋不斷運轉。
慢慢的，你的寫作變得更生動、靈感更充沛。
同樣的，寫作的練習，
可以讓你說話時用字遣詞更精練。
不要害怕說話，當你說出來的一剎那，
你的文思也跟著泉湧。
相信我——

多嘴多舌，不是要你說八卦。
多嘴多舌，讓你的腦袋想出更多好故事。

看圖說故事，說不完
訓練說話能力的初步練習

　　寫作，只要動腦想、動手寫，就夠了。跟說話有什麼關係？

　　我本來也認為沒關係，但是，漸漸發現，說話也可以刺激腦部運轉，讓我們的腦子訓練出更多的生花妙筆。

　　我說話比一般小朋友晚，差不多兩歲才能開始完整說話。大概是一直聽一直聽，卻無法說出來，心裡積壓許多話，一旦開口，如山洪爆發，不可收拾。媽媽常說，只要我開口，嘰嘰呱呱，吵死人了。

　　可是，很多朋友卻跟我說，只要我不在，他們的生活就變得很無趣。我總是有一種奇特的力量，在一場枯燥無趣的會議中，或是很制式的聚會裡，讓大家笑聲不斷。

　　我不懂，自己真有說話的天分嗎？

喜歡自言自語，後來變成廣播人

　　小四的時候，我到同學家拜訪，她姊姊說，她出去了，不過，很快會回來。

　　既然如此，我就等一下吧！等待的時候，我坐在日式房子的拉門邊，面對著院子，樹影隨著風動，在陽光下晃來晃去，很美的氣氛，於是，我開口跟同學的姊姊聊天。

　　聊到天快要黑了，同學還是沒有回來，於是我說，我要回家吃飯了，不然媽媽會罵人。

　　第二天，同學在學校跟我見了面，問我，「你昨天到底跟我姊聊了什麼？她說你好厲害，一個人坐在那裡一連說了兩小時，她都插不上嘴。」

　　回想這一幕，我終於明白，十幾年前，有人邀請從未主持節目的我到佳音電台主持廣播節目，為什麼可以立刻上手，身處只有我獨自一人的錄音間，對著空氣說話，一連說幾集，還是有說不完的話。

　　我到現在還是有一個習慣，每次想到新的故事，都會找

一個人說給他聽，然後說啊說的，心中的概念越發清晰，甚至想到更棒的點子、更豐富的情節。

尤其是《沒有城堡的公主》（幼獅文化出版）這本書，我想寫自己的童年，又擔心那樣的故事是否過時了？於是先說給朋友聽。

沒想到，我站在和平東路口的建國高架橋下，花了半個多小時跟她分享，說完以後，我就決定要完成這本書，因為已經有了完整的輪廓，甚至內容也如同樹上的新芽冒了出來。

當你要說話的時候，腦子必須不停運轉，以使你知道接下來要說什麼話。由此可見，說話可以刺激腦部，讓思緒更完善、讓頭腦更靈活。

發掘自己的說話能力

說話的能力，不完全是天生的，你要不斷找機會練習。

我上課時很喜歡舉手發問，發問久了，我變得很會提問題。甚至念了大學，每次期中考或期末考要考前猜題時，同學都會派我出馬，在跟老師一來一往的問答中，找出可能會考試的題目，幾乎猜中百分之九十，命中率算是相當高的了。

讓我難過的是，每次我到各學校各團體演講，不管面對孩子或是大人，大家聽完之後都很安靜，很少提出問題。我好奇地問他們，為什麼沒有問題？他們多半說，不知道怎麼問？也不知道要問什麼？甚至害怕問得太幼稚，被別人笑。

天哪！是不是我們從小接受太多的填鴨教育，太喜歡到補習班接受老師的讀書方法，所以，我們的腦袋僵化了，只好照單全收，不知道如何開發自己。還是，父母老師不喜歡孩子有問題，每次孩子提問，就要孩子閉嘴，所以孩子的好奇心被打壓了？

現在開始還不晚，請你每天挑一篇新聞，大聲讀出來（還可以順便練習發音，對演講比賽的訓練很有幫助）。

然後自問自答，這一則新聞的主題是什麼？主角是誰？為什麼會發生這一則新聞？如果你是警察，你會怎麼破解這個案子（電視影集《CSI犯罪現場》是不錯的參考範本）？

你說的不一定是正確答案，只是鼓勵你思考、發問、說話。

如果能夠找到好同學、哥哥姊姊或是父母親，幫助你做這部分練習也可以，最好是自己養成習慣，就不用依賴別人囉。

另外，當老師下課前，你要想辦法找一個問題問老師。然後，盡量跟老師討論對答，看看你能撐多久？

以前，有些人很討厭我，多半是討厭我的強詞奪理，即使自己沒理，也要掰出一些歪理，讓對方無話可說，只好摸摸鼻子，走了。可是，他們心裡卻很不服氣。

現在卻不同了，他們發現，我雖然是強詞奪理，但也表示我不斷動腦，才可能想出一些另類的方法，讓事情繼續走下去。這是我從小看武俠小說，看久了，自然培養出的功力。

　　因此，為了增強寫作時的思考能力，你要找機會不停地說，說到你找不出任何理由，再也拗不下去為止。

看圖說故事，是一個好練習

說話，不能囉唆，也不能有太多贅字。好幾種方式都可以練習。

電視新聞練習

早期的電視主播，以及現任比較資深的，口語表達比較沒有問題。可是，一些年輕主播，聽他們報新聞，會被他們活活氣死。因為主播報新聞，有現成的稿子，不應該播報得這麼奇怪。主持人的手中大多是問題大綱，比較是靠臨場反應說話，難免會有贅字贅詞。

我舉一些實例吧！

他們彼此之間有所不斷的衝突……；這個人做了一個拍攝的動作……；回台灣來進行投資；她的心裡有一個非常很大的感動……

年代、東森、中天、民視、TVBS、非凡等新聞台的主播，幾乎都有這樣的毛病。

你自己找機會聽聽電視新聞，是否聽出許多的贅字？然

後跟著說出正確的版本，這樣可以提醒你，平常說話練習時，用詞用語要更精練一些。

繪本練習

打開你手邊任何一本繪本，先不要看文字部分的故事，自己先試著按照圖片，聯想、想像，說出你自己的故事。

接著，再看看這本繪本到底說了什麼故事？有時候，兩者之間的差異很大呢！

然後，再試著說另一個不同版本的故事，會不會受到繪本的影響？

我曾經用小外甥看了無數遍的繪本說故事給她聽，說的跟繪本內容不同，她聽得好專心、好開心。我就告訴她，看繪本不是翻翻就好，不妨試著用同樣文字換不同的插圖，也可以用同樣的插圖，換上不同的文字，做各種練習。

畫展練習

繪畫的畫法及派別很多，油畫、水彩、水墨……，印象派、野獸派、抽象派……，不管是否看得懂，你都可以站在畫的前面，自己解讀，自己想像。然後，說出這一幅畫的故事。

有些畫展的人潮洶湧，你無法一幅幅細看，可以在藝品中心買幾張畫卡，回家自己練習。

生活中所看到的畫面，諸如天空的雲彩、雨中的街景、生氣的警察、花團錦簇的公園等，你都可以試著說出一個故事。

小文豪的 **說話**與 **書寫**

造出美好的句子，
然後說成故事

　　一般的造句，都是用一個詞，造出一個句子，可是這樣的句子太短，只能當作考試。如果能延伸句子的長度，寫成小小短文，最好有點意境、有點情節，然後朗讀出來，可以同時訓練你寫故事、說故事的能力。至少一次練習五個造句喔！

　　造句的例子：湖水。

　　他站在湖水邊，望著水中倒影，想起他的母親。

　　造句的例子：藍天。

　　一場雨過後，天空的灰雲散開了，露出一小片藍天，好像被考試壓抑很久的心，再度展翅。

　　造句的例子：早起。

　　媽媽在報社上班，每天都睡得很晚才起床。今天我準

備出門參加演講比賽時，突然看到難得早起的媽媽，已經穿好外出服。原來，她打算到比賽現場為我加油，我好感動啊！

造句的例子：黑與白。

在我們的生活中，很多東西的顏色都是黑與白。眼白與眼球、黑棋與白棋、黑貓與白貓、黑芝麻與白芝麻、黑夜與白天……，希望我能做一個黑白分明的人。

造句的例子：恆心。

爸爸一直希望我做一個有恆心的人，做任何事，不管遇到什麼困難，都能持續到底，不放棄努力。好像《魔戒》裡的佛羅多，雖然個子小小，卻因為做事有恆心，終於完成了使命。

故事接龍接上天

一句話一句話，接成了動人故事

　　我很喜歡玩撲克牌的接龍遊戲，黑桃、紅心、鑽石、梅花四種花色，每種花色十三張牌，總共五十二張牌。四個人一起玩，發給每個人十三張牌。

　　開始接龍，是由拿到黑桃七的人出第一張牌，然後接六或八，按數字順序接下去。如果手上有很多活牌，尤其是拿到八或六的關鍵牌，就可以扣住其他人的牌。甚至玩到最後，影響到整條龍是否順利接成。

　　所以，我不喜歡拿到七，比較喜歡拿到八或六，因為拿到七，一定要出牌，拿到八或六，在我們沒牌出的時候，就可以扣住它，好像我們掌握著生殺大權。

　　寫文章，要訓練自己時時掌握住關鍵的八，讓看似無法發展的情節，可以繼續寫下去。

從成語接龍開始

成語接龍，就是第一種接龍訓練。

腦中的成語寶庫，扮演著非常重要的角色，因為使用成語讓我們的文章，彷彿神來之筆，顯得精采精練。多用成語，也可以讓說話更精準、更有智慧。

大樂、小慧念小學時，課外書看得多、成語懂得多，所以，國語打下很好的基礎，曾經在國中得過全年級字音字形比賽的第一名。

每次家庭出遊，爸爸開車，我們母子女三人玩成語接龍，甚至爸爸也會忍不住心頭癢癢，說他也要玩接龍（我們怕他開車分心，所以不讓他玩）。

因為很想贏過媽媽，大樂、小慧就會利用時間拚命背誦成語，久而久之，蓄積許多成語在腦袋裡。時間久了，每一次成語接龍比賽，只要我們母子女聯袂出馬，幾乎都可以獲勝。

感興趣了嗎？不要當作考試，就只是遊戲，好玩即可。

剛開始，你可以自己玩，如果覺得一個人玩接龍很無聊，不妨跟家人或同學一起玩，彼此間有競爭，比較容易進步。

　　如果是在班上玩，可以將同學分幾組，每組派一個代表。由老師出題目，或是同學猜拳，贏的人說出第一題（例如：開天闢地），然後，每一組用成語的最後一個字往下接（例如：地大物博），接不下去就輸了。

　　假設沒有成語可以接「開天闢地」，接的成語可以不必把「地」放在第一個字，而放在第二、三或第四字（例如：腳踏實地、天長地久），或使用同音不同字，盡量讓成語接龍的遊戲不要斷掉。

　　我們試玩一下成語接龍。

　　津津樂道→道聽途說→說長道短→短兵相接→接二連三→三心兩意→意亂情迷→迷途知返→反敗為勝（這就是用同音不同字的接法）。

從此，
　　　愛上寫作

速戰速決→決一雌雄→雄心萬丈→仗義執言→言語無味→味如嚼蠟→蠟炬成灰淚始乾→乾柴烈火→火冒三丈→一落千丈（這就是把第四個字依舊放在第四個字的玩法）⋯⋯

也可以把玩法改變一下，那就是撲克牌接龍加上成語接龍。玩撲克牌接龍的時候，每出一張牌，就要說出一個成語。

只要能養成成語接龍的習慣，可以用你的創意，想出各種玩法。

故事接龍接上天

　　除了成語接龍，搭車時，我們一家人還喜歡玩「故事接龍」，第一個人開頭說故事，其他人輪流接下去，一人說一句，或一次接幾句，都可以，慢慢的接成一個故事。

　　剛開始，沒有人喜歡做開頭的那一個人，而且，說一句就接不下去了。甚至也無法完成一個完整的故事，頂多在笑鬧聲中，打發時間。

　　過一陣子，大樂、小慧搶著要做故事開頭，而且輪到接故事時，說一、兩句還不過癮，甚至說了七、八句。這時就表示已經接出興趣，還有，聯想力及想像力愈來愈順暢。

　　接下來，可以挑戰比較難的程度，那就是先設定主題，以及主角。例如主題是冒險，主角是花豹；主題是生病，主角是杜鵑花；主題是迷路，主角是毛蟲。

　　這樣的練習比較不會偏離主題，而且可以接成一篇很棒的故事。例如全家接龍、全班接龍、全校接龍等，接成的故事可以投稿、出書，或是發表在部落格上，大家一起故事接龍。

從此，
　　　愛上寫作

說故事比賽可以訓練口才

　　我很愛說話，所以小學一年級時，老師派我參加演講比賽。誰知道我怯場，上台一句話也說不出來，從此得了舞台恐懼症。

　　但是，私底下，我依然愛說話，尤其喜歡說故事給同學聽，或是當她們的戀愛顧問。只要我開口說故事，很多人圍過來，因為這是「只此一家，別無分號」，完全是我自己編出來的故事，當然，還加了一些我看來的情節。

　　我認識的一個小男孩，媽媽偏心，爸爸在外地工作，但是他家的故事書很多。他孤單的時候，一個人對著錄音機，把他看過的故事，又演又唱又說的角色扮演。當我聽了他的錄音帶，覺得真是好聽，而他也喜歡表演給大家看，從此，他從別人讚美的眼光中得到自信。

　　說故事，可以培養你的自信、你的口才，說多了，轉化成文字，一樣動人。

　　剛開始，你可以說你看來的故事。有經驗以後，可以說

自己的故事。自己的故事說完了，可以說家人的、同學的、朋友的，甚至道聽途說的故事。

我在《沒有城堡的公主》故事書中，描寫女主角泥泥被迫參加演講比賽，因為時間緊迫，她來不及準備演講稿，也來不及背誦任何文章，最後，她決定說自己的成長故事，沒想到竟然打敗了許多演講高手。

可見得最感人的故事，就是自己的親身經歷。

如果再變成小小的比賽，也許大家的興致更高。周末下午，請關上電視機、電腦，全家坐在客廳，從爺爺、奶奶、爸爸、媽媽到兄弟姊妹，輪流抽號碼抽題目，然後按照號碼先後上台演講。

因為在自己家人面前，比較不會太害怕，除了訓練膽子，又因為是全家都參加，你比較不會逃避。但要記住一件事，只有讚美和建議，不要批評和指責，否則大家嚇到了，就沒人敢參加了。

慢慢的，可以擴大到每個里在公園舉辦，全民同歡，全民都有好口才。

五張圖編出無數個故事

　　請你帶著數位相機出門，隨意的拍一些照片，然後挑出五張照片。如果沒有相機，就在網路下載五張圖片。

　　將這五張照片或圖片，隨意編號，然後連成一個故事。

　　例如：①書包、②站牌、③攤販、④海報、⑤行道樹。

　　男孩子背著書包，一邊等車，一邊看著站牌上的站名。有一個攤販走過來，問男孩子要水喝，男孩子搖搖頭，指著前面的海報說，有一家飲料店正舉辦免費試喝，他只要穿過行道樹，走到對面去，就會看到那家飲料店。

　　然後換一個順序，變成①攤販、②行道樹、③海報、④站牌、⑤書包。

　　有一個攤販在行道樹之間穿梭，為了兜售她自己烤的大餅。沒想到，一張海報被風吹落，剛好飄在她的臉上，

擋住她的視線，她一頭撞上站牌邊等公車的學生，學生的書包掉在地上，因為這是他新買的書包，卻弄髒了，他傷心得哭了起來。

　　就像這樣，你自己用五張照片練習說故事，講完一個故事。再把這五張圖重新排列組合，說出另一個新的故事。至少說出五種不同組合的故事。

改編別人的故事真精采
名家的童話、小說、繪本……
也可以變成你的故事

　　對某些人來說，從空白紙張開始，在上面作畫，很難，
不曉得第一筆要畫什麼？所以，會按照一些名家的作品，東
畫西描。

　　正如同寫毛筆字，臨摹書法家的字帖；炒菜燉煮，免不
了照食譜；學習唱歌，則是多聽CD。

　　學習，有時候從模仿開始。

　　我在大學時代開始寫小說，寫的是自己的初戀。可是，
小說雖然看了很多，心中也有很深刻的感動，卻不知道怎麼
開頭？

從此，
　　　愛上寫作

我站在書架前，翻閱一本又一本的藏書。終於，我看到一本暢銷名家的小說，女主角的背景跟我相似。於是，我拿起筆來，從女主角搭火車開始書寫《夢幻曲》這篇小說的第一個場景。

　　有了這一次臨摹的開始，我以後很少再為開頭煩惱。

改編童話是為了替女生抱不平

　　因為我從小在男生堆之中長大，我不怕男生，常常跟他們單挑，哪一個男生膽敢欺負女生，我一定跟他沒完沒了。

　　偏偏，我的好朋友以男生居多，因為我不喜歡當女生，我覺得女生很軟弱，都要靠男生保護。發生危險了，只會像蝙蝠俠、超人電影裡面的女生，一直尖叫、一直尖叫，不停流眼淚，等著男生拯救。

　　尤其是童話故事，公主只會等待王子拯救，好像作為女生，一生就是為了等待男生救她脫離困境、掙脫苦海。

　　我長大以後才知道，童話故事的作家大多是男生，英雄主義作祟，描寫的女生當然以弱勢居多。也有的是把公主當作禮物，只要有誰打倒怪物，就把公主嫁給他。不管他是不是陌生人，或是公主喜不喜歡他，大都是這樣的結局。

　　例如：落難的白雪公主要靠小矮人收留，而且笨到不會保護自己，輕易的被巫婆的蘋果毒死（有點像伊甸園裡的夏娃被蛇用禁果欺騙一樣），最後要靠騎著白馬的王子來救

她。為了感謝他，公主嫁給了他。

睡美人睡了一百年，也是等著王子的親吻救她。美人魚更慘，犧牲自己，失去聲音，變成泡沫，王子卻始終不知道美人魚是他的救命恩人，娶了別的女孩。

聽起來真是太過分了。

於是，小學四年級的我，決定改編《美人魚》，讓王子跟美人魚結婚。

剛巧班上有位同學——史寶珠，她的插畫畫得很美，我跟她商量合作改編《美人魚》，我負責文字，她負責插圖，完成後，用白報紙釘成一本本的讓同學傳閱。因為太受歡迎，同學甚至每天等待續集問世。只是手作漫畫實在太辛苦，加上史寶珠將近一千度的近視，改編漫畫遂成了絕響。

過了很多年，偶然看到美國漫畫家改編的童話，深獲我心。

他筆下的灰姑娘，因為不耐皇宮的無聊生活，她懷念廚

房裡洗洗刷刷的日子，放棄王妃的頭銜，跟侍衛長結伴離開了皇宮。

至於傑克與魔豆的後續故事發展，則是巨人跌落地面後，因為體積太大，沒有人搬得動，屍體開始腐爛，發出惡臭，整個村子散布著難聞的味道。原先被大家當作英雄的傑克，此時成了過街老鼠，成為人人口中的汙染環境者。

睡美人呢？更誇張。因為睡美人沉睡了一百年，當王子親吻她時，被她一百年沒刷牙所產生的口臭熏昏了。

雖然有人認為，童話故事本來就帶著虛幻色彩，不必太寫實，只要有趣、曲折就好了。但這位漫畫家的改編，帶給我不同的思維，藉著改編，我可以表達我的想法，鋪成我的情節。遇到危險，可能是公主救王子（好萊塢就拍過這樣的故事），公主也不一定嫁給王子。

故事的發展，絕對不是像我們看過的情節，只有一種結局——公主、王子從此過著幸福快樂的日子。

如何改編各種故事？

改編故事，不是要你重寫這個故事，只是小幅度的改寫，讓你在改寫的過程中，熟悉一個故事的發展，找出自己的路線。而且因為有原先的故事做藍本，比較不會寫得太鬆散，或是抓不住主題。

當然，別忘了，改完故事，記得說給別人聽。

改編什麼故事？

你可以改編童話。這是你從小接觸的故事，比較熟悉，改起來駕輕就熟。而且，童話故事比較有想像空間，你可以盡情發揮，不受到時空限制。

你可以改編繪本，因為繪本的文字少，你揮灑的空間比較大，加油添醋一番的擴寫，說不定變成另一個故事。

你可以改編寓言。每個國家都有他們的寓言故事，你可以從這些故事中，尋找發人深省的故事，重新改寫。

你可以改編小故事。網路上經常會有類似的感人小故事，或是小故事合集中也有很多適合改編的，千萬不要錯過

這樣的故事。

改編新聞故事。這是比較少人嘗試的，也就是從新聞剪報中尋找資料，優點是他的故事就在社會上發生，絕對寫實，也更貼近人心。你也可以挑一則轟動的新聞事件，加頭（例如首部曲）或加尾（例如終結版），改寫一番。

改頭換面、改變結局

如果你不喜歡故事的開頭，可以另寫一個開頭，讓不同的主角先出場。但這種改寫的難度比較高。通常都是從故事的一半，改寫結局，或是接續原先的結局，繼續寫下去。

例如「史瑞克」，顛覆了所有的童話故事，把一些著名的童話故事主角變得很討人厭。費歐娜公主的父母竟然就是青蛙王子與公主……。而我當年改寫《人魚公主》的結局，也是從故事快要結束的地方開始改寫。

更換主角

　　故事的核心人物是其中的主角，電視連續劇中，有時會看到某位主角突然死了、不見了，就是因為主角太忙，卡不出時間拍戲，或是主角不受歡迎，編劇只好讓他死。

　　如果你也不喜歡某些主角，例如灰姑娘的爸爸，或是白雪公主的後母，你可以把她的爸爸寫成反派，後母寫成好人……，也是不錯的嘗試。

讓悲傷的故事變成喜劇

　　挑一篇你最感動的童話故事，例如格林童話或安徒生童話，重新改寫。

　　例如：《賣火柴的女孩》，你覺得結局太悲慘，可以重換一個結局，當小瑞蓮昏倒以後，被人救了起來，眼前的聖誕大餐，跟夢境裡的一模一樣。

　　挑一篇你最喜歡的伊索寓言或台灣民間故事，重新改寫。

　　例如：《夜鶯和貓頭鷹》，關在籠子裡的夜鶯，每到晚上就大聲唱歌，貓頭鷹很納悶，問她為什麼不在白天唱歌？夜鶯說，因為她是在白天唱歌時被抓的，所以她只敢在晚上唱歌。貓頭鷹聽了，覺得很好笑，現在小心已經沒有用了，因為夜鶯已經被關在籠子裡了。

你改寫時，可以更換兩個主角：夜鶯和貓頭鷹變為老鷹和貓；也可以改變結局，好比夜鶯把主人吵得睡不著，主人只好把她放走了。

PART 6

因為
有創意
所以寫得
別出心裁

寫作時遇到難題，想辦法解決它

沒有人是天生萬能，遇到寫作的難題，只好想辦法解決。

我的寫作班學生，包括小學生、中學生，

甚至媽媽們，其中有些媽媽已經六、七十歲。

最年幼的只有小二。他們的媽媽說，

年齡這麼小，會寫的中國字沒幾個，學寫作有用嗎？

結果，一個暑假八堂課，她的寫作能力提升許多。

國三的她，隨父母移居國外，成立了部落格，

藉著文字跟同學、朋友們聯絡感情。

而那些說她們結婚後就沒有寫過文章的媽媽們，

更是害怕，特地聲明她們只是打發時間、來交朋友的，

不一定要寫文章。

我說沒關係，就當作玩遊戲吧！沒那麼嚴肅。

第一堂課結束，她們笑得很開心，紛紛告訴我，

寫文章好像不難嘛！

整個課程結束，她們寫出了真情流露的文章，

　因為，她們是用自己的生命寫故事，

　　她們的生命裡也充滿故事，不寫下來，實在太可惜。

　只要你不怕困難——

你寫作時可以跨越很多障礙，

在每一次困難中磨鍊出更棒的妙筆。

到處都是書寫的材料

厲害的廚師做菜，
即使只有一把蔥、一把麵、一個雞蛋，
也能做出可口的料理

　　常常有人問我，要寫什麼啊？或是，沒有東西寫，腦袋一片空白，怎麼辦？

　　以前我也碰過同樣問題，崔老師就告訴我，今天看到的路邊小花，已經不是昨天的模樣，天邊的雲彩，瞬息萬變，永遠追不到前面的那一朵。

　　萬物都在生長、都在變化，只要仔細觀察，只要有人、有物、有事情，就有材料可以書寫。

　　更何況，上帝的創造沒有一樣是重複的，上帝是最有創意的藝術家。從這些充滿創意與創新的東西中，怎麼可能找不到書寫的材料？

　　小時候，我常常覺得媽媽是魔術師，任何時候家裡有客人來，媽媽都不會擔心。倒是我，因為家裡經濟環境不是很

好，我緊張著家裡沒有菜，或是桌上僅有的幾盤菜要被別人瓜分。可是，媽媽卻安慰我，放心放心。

她總是有辦法變出一桌的料理，讓客人、讓我們三姊妹都能吃得開心吃得飽足。

我們寫作，就要像媽媽一樣，她是廚房魔術師，我們是文字魔術師。

當我漸漸養成剪報、聽故事、寫日記的好習慣，我很少遇到缺乏體裁的困境。甚至於，一年年過去，我累積了許多紀錄體裁的筆記本，體裁多到我沒有時間完成它。

到處都是書寫的材料　*187*

馬路上的故事聽不完

看人、觀察人，必須用到想像力或聯想力，想要認識他們，也要花一陣子的時間。但是，聽他們說故事，卻可以不費太大力氣，蒐集到一籮筐的寶貝。

故事的來源很多。

公車上、火車上、飛機上、捷運上、百貨公司等，只要打開你的耳朵，就會聽到許多故事。

我搭火車通勤十五年，十五年間，我聽到的故事多到無法勝數，有些時候甚至是別人主動告訴我。這些故事，我到現在還沒有寫完。

搭公車、捷運時，無論你是坐著、站著，請記得閉上你的眼睛，打開你的耳朵，聽聽看，附近有誰正在交談？情侶打情罵俏、同學討論偶像劇、媽媽們互相說自己老公的不是、女生打手機聊天……，不經意間，他們的聊天內容，透露出許多的故事片段，其他聽不到的，要靠你想像了。

這時候，我通常會玩一種遊戲，聽到對方的聲音和談話

內容，我開始想像他們長什麼樣？說也奇怪，我猜測的竟然八九不離十。當然，有時候的落差也滿大的。

時間久了，我觀人、聽人的功力愈來愈高，有時候只是幾句話，我也能加油添醋，憑著聯想＋想像，變成一篇精采好文章。

所以，我也很喜歡搭火車、飛機，每一趟旅程都是我練習觀察、聽、說、寫的好機會。

除此以外，爺爺奶奶、外公外婆等老人家的故事更值得傾聽。因為他們跟我們生活的年代不同，他們喜歡的玩具、歌星、運動員、漫畫……都不同，可以讓我們跨越時空回到過去，也讓老人家不覺得寂寞，因為有你這個孫子願意每年寒暑假探望他們，聽他們說故事。

還有，好同學的故事，老師的故事，鄰居的故事。太多太多了。這些不是八卦，而是活生生發生在他們身上的真實故事。

例如我有一個暗戀老師的同學、一個家境貧寒只有蘿蔔乾配飯的同學，還有一個小學畢業就結婚的同學……。

我有一個引導我寫作的老師、有一個罵我比留級生還要沒有用的老師激勵我奮發向上，有一個欣賞我的文采不斷鼓勵我的國文教授……。

我有一個丈夫出海之後沒有回家的鄰居、有一個常常借書給我看的鄰居、有一個讓我們每到冬天去他家泡澡的鄰居……。

你一定也有朋友像他們一樣，提供了許多故事。

隨身攜帶筆記本

很多時候，靈感是突然跑出來的，不立刻抓住它，它就會逃之夭夭。況且，寫作找素材，不是立刻找得到，要靠平時的累積。正如同我們有機會出國旅行、突然生大病要看醫生，都需要一筆錢，平時若無積蓄，頓時坐困愁城。

同時，我偶爾會在路上靈光乍現，或是半夜作夢夢到很精采的故事，卻因為沒有立刻記下來，結果，錯失了很棒的靈感。

還有，我在雜誌社當編輯時，要寫採訪稿、改寫翻譯稿，最頭痛的就是想標題，常常經過百貨公司，櫥窗裡的一句話，給了我靈感，必須立刻記下來。

於是，我開始使用筆記本，而且，趁著到世界各地旅行，購買一本本漂亮的筆記本。用來記錄我的心情，記錄我的寫作大綱、電影心情、旅遊雜記（透過每次旅行的遊記，我出版了旅遊書，也到處演講旅遊話題）、聽牧師講道或靈修筆記。

或是，被蚊子吵得睡不著，半夜爬起來抓不到蚊子，卻可以抓到靈感。然後，記下來。

　　對你來說，筆記本可以記什麼呢？

　　別人的對話、故事的靈感、菜單、昨晚哭泣的原因、MC來時肚子痛的感覺、同學爽約讓你很不爽、第二天要帶團康的遊戲、一朵落花墜落時的線條、另類的招牌、廣告海報的字句⋯⋯。

　　如果你像我一樣愛看電影，看電影時記得帶筆記本，還有一枝會發光的筆，聽到感人的對白，記下來，讓你心悸的情節，記下來，某個美麗的場景，記下來⋯⋯。每次看完一部電影，我起碼可以激盪出二十幾個的寫作素材。

　　所以，我很喜歡看電影，藉著別人的故事，激發我內心深層的吶喊。

報紙的新聞、網路的新聞剪報

從小到大，每個階段的我，總是會擁有幾大本剪報，永遠有用不完的素材、有趣的故事、奇妙的典故。

過一陣子，就會整理、清掉，以免留下太多用不著的資料，占地方。

如今，網路時代來臨，要找什麼材料，上網都可以查到。我甚至於把家裡的百科全書也捐掉了，挪出空位放我的其他藏書。

當你要蒐集剪報時，為了避免雜亂無章，或是剪報堆積如山，你可以訂出自己感興趣的主題，例如蒐集好笑的、輕鬆的、感人的、飲食的、運動的、或是世界軼聞。

看多這類的資料，即使你沒有念這個科系，你也會變得無師自通，或是培養興趣，找到生涯的未來方向。

看到什麼、想到什麼，就寫什麼

不要想得太多，隨手找體裁，拿起筆就寫。

抬頭看，看到白雲就寫白雲。看到氣球，就寫氣球。看到招牌，就寫招牌。

早晨出門，看到在公園打拳的伯伯，就寫鄰居伯伯。看到賣飯糰的小販，就寫飯糰小販。看到愛生氣的司機，就寫司機。

我就是在車上看到被欺負的胖女生，於是找到靈感寫了《我是劉乃蘋》（幼獅文化出版），一個愛吃蛋糕，減不了體重，卻喜歡瘦男生的胖女生。

請以十朵白雲為素材，描寫十個兄弟或十個姊妹的故事。你可以從他們的身材、個性、喜好、特殊遭遇寫起。例如《聖經》中最著名的兄弟檔──埃及宰相約瑟及他的十一個兄弟們。

從一個字到一篇文章

有頭有尾有血有肉還要有靈魂

　　文章是用一個字一個字堆起來的，可不是隨便堆，要堆得輕鬆中有技巧。

　　當我第一次發表文章時，喜孜孜拿給外婆看，一旁的舅舅非但不鼓勵我、讚美我，還嘲笑我，「天下文章一大抄。」

　　我聽了當然很難過，但還是勇敢回答他：文章雖然是文字的排列組合，怎麼排列卻是一種功夫。正如同有人抓起泥巴，可以捏成花瓶，有人拿起畫筆，可以畫出美麗的新娘。

　　我沒有畫畫的天分，當班上同學都在畫娃娃，尤其是史寶珠畫的娃娃最漂亮時，我忍不住也跟著畫，希望可以做漫畫家或是畫家。即使畫家都是死了以後才會成名，也沒有關係。

　　可是，不管我看了多少日本漫畫，怎麼努力畫圖，就是

畫不出美麗的娃娃。直到現在，我畫的娃娃，還是跟我小學時一樣，線條簡單，而且幼稚。不過，我至少知道那是一個娃娃。

我通常先畫一張圓臉或瓜子臉、直直的脖子，連接肩膀的是伸出去的兩隻手，加上挺挺的軀幹，以及斜斜站立的雙腳。

然後，看我要畫的是女生或男生，再決定給他什麼樣的髮型、服裝、鞋子。

文章的主題是什麼，很重要

　　寫文章，如同畫娃娃，先要確定主題，也就是先決定要畫的是男生、女生、小孩或是老人家。

　　每次作文課，崔老師都會把題目寫在黑板上，然後問我們有沒有問題？就走出教室，讓我們各自發揮。

　　不管是什麼題目，我都會花比較多的時間思考。

　　當同學急呼呼磨墨，用毛筆沾墨水寫作，我往往是好整以暇的東晃西晃，或是趴在桌上發呆。等到第二節課差不多過了一半（作文有兩節課），我才拿起筆來急急揮灑。下一周作文簿發下來，我往往得到的都是很高的分數。

　　同學們很生氣，為什麼我花了那麼短時間，卻得到比他們高的分數。

　　他們不曉得的是，我把時間花在思考主題、思考結構、思考我的開頭與結尾。想得差不多了，我才動筆，所以我很少打草稿。

　　寫文章得心應手的我，也有馬失前蹄的時候。大學聯考

那年的作文題目是「公共道德的重要」，我因為太過緊張，加上時間的壓力，寫錯了方向，把公共道德的重要，寫成了如何提倡公共道德，整個偏離主題，卻煞不住車。最後得了極低的分數，差點念不了大學。

也許我們沒有生花妙筆，無法立刻寫出令人驚豔的文章，但只要不偏離主題，即使是考作文，多少也會得到一些分數。

那麼，如何很快的抓住主題呢？就要運用聯想力。平常多練習聯想力，到考場才不會慌張。那就是看到題目立刻聯想十個主題。

例如題目是：「**如果我是外星人**」。

你會聯想到地球毀滅、外星人登陸地球、外星人跟地球人做朋友、外星人長得很可愛、外星人拯救了地球人、外星人受傷了……。然後，從你的聯想當中挑出你最容易發揮的主題。

重點在於「外星人」，所以一定要以外星人當主角，而

不是寫了很多地球人，把外星人變成配角。

例如題目是：「**今天的遭遇**」。

重點是「遭遇」，你遇到了什麼人什麼事什麼物，然後以描寫今天的遭遇為主，不要寫到很多天的遭遇或是以前的遭遇，也不要只寫你的心情，卻沒有任何的事件。

照樣是聯想十個書寫的主題。

你遇到多年不見的同學、你撞倒了老太太、你撿到一隻流浪狗、你上學遲到了、你把手機搞丟了、放學回家時家裡遭了小偷……

同樣的，也是從其中挑你比較擅長的主題，繼續向下發展，寫一篇文章。

例如你決定以撿到流浪狗為主題寫「今天的遭遇」，不妨寫出為什麼遇見狗，遇見狗以後發生什麼事，你把狗帶回家之後是否挨罵了，最後狗的命運如何？你從這件事學到什麼啟發，就可以結束了。

除了結構，還要有血有肉

　　畫娃娃時，一旦確定畫男畫女，就要從腦袋、身體，把整個娃娃的輪廓先畫出來，這就是「結構」。好比蓋房子，必須先有鋼架。

　　服裝、髮型、鞋子則是娃娃的血肉。這樣的娃娃雖然不會說話，但只要繪畫技巧好，娃娃看起來就會栩栩如生。

　　寫作也一樣，寫得清楚通暢，寫得生動活潑，就好像文章有了靈魂，每個字都在眼前跳舞。

　　如同蓋房子，有完美的鋼骨結構、水泥支柱，設計得卻很醜，或是因為施工不當，違規施工，永遠無法加上磚瓦、砌牆，空蕩蕩的，很醜陋，也不能住人。

描寫要生動

不是用一堆形容詞，她如何漂亮美麗，卻感受不到她的愛與善良。某件事如何困難，卻感受不到有多難。最好舉出一些實例，她曾經幫助別人，臉上散發出溫柔的光輝。或是，事情困難到你夜夜失眠，臉上有了兩個貓熊眼圈也想不出辦法。

敘述要通暢

如果蓋好房子，卻沒有樓梯，怎麼上下樓？正如同吃了太多肉，便祕好幾天，肚子脹得很難受，塞了一堆廢物在肚子裡。

讀到不通順的文章，就是這種感覺。

曾經聽一位大學入學考試的閱卷老師說，要在這麼短的時間寫一篇好文章，的確不容易。所以只要寫得通順，就可以得到基本分。可見得「通順」是寫文章最起碼的條件。

條理要分明

蓋房子不按圖施工，就會蓋得亂七八糟。好像頭髮糾結，梳不通，亂成一堆，毀了你的外觀。

我們讀書要有計畫，出門旅行也有行程表，做家事也會事先分配，有條有理，做什麼事情效果都很高。寫文章也是分好段落、每個段落要寫什麼，按部就班寫下去，就不會顧此失彼，該寫的忘了寫。

錯別字不要太多

你一定不希望臉上長滿青春痘或是凹凹凸凸的小東西吧！不會寫的字就用別的字替代，若是在家裡寫作，立刻查字典或是電腦網路，鼓勵自己堅持寫正確的字。

如何開頭結尾？

　　有頭有尾很重要，如果我們只有身體，沒有頭，那還是人嗎？金魚有頭有身體卻沒有尾巴，是不是很怪異？

　　寫作更是如此。

　　當你遇見一個人，通常會先看他的頭，確定他是男生或女生吧。當你看到一位帥哥，你是否會注意他的頭髮是什麼顏色？是長是短？這就是文章的開頭，是別人看你文章時，第一眼看到的地方。

　　開頭第一段寫的內容，這也代表你是否真的明白作文題目的意思，以及你對這個題目的主要反應與想法。

　　例如：「**我最難忘的一場比賽**」。你在第一段就要點出來，這是一場什麼比賽？為什麼難忘？是你的腿斷了，或是你生平第一次下水游泳，還是，你發現全班團結在一起的可貴。

　　如果平淡的開頭，卻有著精采的結尾，這篇文章依然是好文章。但如果開頭氣勢驚人，結尾卻草草結束（往往是時

間不夠的緣故），就是所謂的虎頭蛇尾，毀了一篇好文章。

正如同有人炒了一盤可口美味的菜，卻用了一個髒兮兮、又有破口的盤子裝盛。

所以，你一定要前後呼應，這在思考整篇文章結構時就要想好的。想想看，孔雀的尾巴開屏時，多麼耀眼。你的文章結尾就要有這種效果，畫下完美的句點。

不同的主題，要用不同的材料

　　不同的主題，不同的寫法，如同你要煮牛肉麵，紅燒牛肉麵、清燉牛肉麵、番茄牛肉麵、酸菜牛肉麵等，作法當然不同。

　　你可以從下面這幾個方向，思考，練習書寫。

　　人物書寫──例如老師、校車司機、交通警察等，可從人物特徵、話語、事蹟、與眾不同之處、印象深刻之處寫起。

　　事件書寫──例如火災、車禍、旅行、考試，千萬不要記流水帳，應該抓住整件事的重點，描寫前因後果。

　　動植物書寫──從特色、用途、形狀、你的感受等聯想，例如蒲公英，隨風飄散，散播種子。松樹長青，生命力無窮。夏蟬的歌聲，讓夏天更熱鬧。忠心耿耿的狗，帶爸爸

平安回家。

生活習慣書寫——從正面或負面寫起，例如早起、晚睡，說謊、誠實，快樂、悲傷等，正反面都要寫。最後的結語是養成什麼習慣最好。

觀念的書寫——例如環保、節約、禁菸、創新、忘記背後等，如何啟發人心，我們要如何做，最好是提出新辦法，以及你的實際經驗。隨便亂吹牛，是沒有人看得懂的。

沒有創意，寫不下去了
如同車子拋錨，半途動不了，怎麼繼續上路？

　　爬山時，最怕的是走了一半路，卻找不到路。是披荊斬棘，開出一條路，或是繞道而行，還是，乾脆放棄爬山？

　　每個人都有不同的因應方法吧！

寫不下去了，要放棄嗎？

我是那種繼續尋找出路的人。到國外自助旅行這幾年，我經常有這樣的經驗，因為自己的堅持，總能峰迴路轉，有了出路。這都是因為我從小愛看武俠小說，培養訓練出來的吧！

武俠小說之中的男女主角，被仇家追殺，不知道該往哪裡逃時，常常就是摔下斷崖，或是遇見仙人搭救，甚至嘗到奇花珍草、覓得武林祕笈，使得功力大增。

同樣的情況，發生在寫文章時，你突然寫不下去，怎麼辦？有時候限於時間壓力，無法重新再寫，情況真的很緊急，你真的會慌亂。

如果你就是這樣的人，建議你，最好養成打草稿的習慣，等到駕輕就熟了，再直接寫。

若是跟人物有關的，就讓另一個人出現，化解僵局。例如：你寫一個四處流浪的小孩，寫到後來，你想不出來小孩為何離家？不妨讓小孩的阿姨或老師出現，說出小孩的故事。

就好像連續劇演到一半，因為酬勞談不攏，演員罷演，編劇通常都是改寫這位演員出國了，或是得了重病，死了。電影《梁山伯與祝英台》兩人最後無法結合，編劇就是說他們變成了一對蝴蝶，展翅飛向天空。

　　只是，這樣的改變不能太突兀，如同唱歌，真假音轉換不能太勉強。如果你寫到一半想要改變，也是照樣列出十種可能，看看哪一種可能比較行得通。

寫得太平凡，如何發掘創意？

說實在話，有些題目經常書寫，寫得膩了，寫不出新意，你就會意興闌珊。

我當年還是個小學生時，就有這樣的困擾，常常擔心自己絞盡腦汁寫的體裁，結果竟然跟同學大同小異。每一次，不斷挖掘新的靈感，不斷接受新的刺激。久而久之，我成為一個喜歡改變，不喜歡重複的人。

我不喜歡跟別人一樣，在千變萬化之中，我經常走出與眾不同。

所以，上學或上班搭公車，我常常換路線。吃飯上餐廳，我會不斷找新餐廳。

我買衣服，絕對不跟身邊的人穿著一樣，尤其是我媽媽。她總覺得我挑的都是好的，我買什麼，她就買什麼。為了避免重複，我會請她先挑選。不是不愛她，而是，我不喜歡太過制式、公式化，好像天天穿母女裝，太沒創意了。

即使穿制服上學的時代，我也要跟同學們不同，不想變

成複製人。我雖然不會做衣服，卻喜歡自己搭配衣服。

但是，我們明明知道創意的重要，卻寫不出創意，原因為何？

書看得太少、腦袋用得太少、書寫的練習太少。如同練舞練鋼琴等樂器，這些基本功夫如果不常用，或是根本不用，真的會變不見了。

每個人都有自己的創意

　　仔細研究長相，每個人都不同，即使雙胞胎，也不一樣。人類的科學再進步，無法創造，只能發現或複製。所以，創意是上帝給的，是我們與生具有的，無法複製的。當然，任何人也偷不走他。

　　小五時，我的作文得到甲上上那一回，不曉得同學是出於嫉妒，還是惡作劇，我上完廁所回來，放在桌子裡的作文不翼而飛，我哭得很傷心。崔老師安慰我，創意是偷不走的，我可以再寫一篇。這段回憶令我印象深刻。

　　長篇小說出版一陣子以後，因為很受年輕人歡迎，星、馬、香港的出版社向我邀稿。我花了好幾個月的時間，寫了七、八萬字的小說寄到香港，他們沒有收到，就這樣沒聲沒息的石沉大海。當時沒有影印，我也忘了複寫，又氣又傷痛，不想再寫。可是，若干年後，我用類似的故事完成另一本小說——《玻璃鞋》。

　　剛學電腦時，突然當機，偏偏忘了儲存稿子，這是常有

的事，氣死也沒有用。

　　寫這本書時，也遇到同樣情況。妹妹家房子出租，託我跟房客辦理交接，稿子寫了一半，急著出門，忘了是否儲存。回家時明明看到文章還在螢幕上，卻突然當機，什麼也沒了，等於我整個下午泡湯了。

　　大樂安慰我，這表示我可以寫出更好的。

　　還能如何？時間緊迫，只能再重新寫。最終，還是寫出來了。所以，創意是不會消失的，甚至會源源不斷。

不要想得太多，拿起筆來就寫

　　我曾經在少年輔育院教青少年作文，他們有些連名字都寫不好，很直接的告訴我，「老師，不要叫我寫作文，我不想寫，也不會寫。」

　　我不想勉強他們，只希望鼓勵他們。

　　每一堂課，我想盡辦法出一些容易發揮的題目，鼓勵他們寫出心裡的話。即使只有兩三句也可以。

　　例如：他們的夢想、最懷念的餐點，離開少輔院最想做的一件事，印象深刻的一句話……。

　　慢慢的，他們覺得恐怖萬分的作文課，竟變得好玩有趣，每個人爭相發表自己剛到輔育院的心情。而我，看著他們不通順的字句，卻讀出他們心靈最深處的呼喚。

　　尤其是班長，同學口中的大哥，每次上課都跟別人聊天，不願意寫。可是，因為我的鍥而不捨，他勉強寫了兩三行，說他的夢想是做老大，因為他的爸爸是老大。

　　我知道他內心裡其實很孤單，於是，學期結束，我要求

他讓我抱一下，因為不知道以後是否會再相見？他退了兩步，最後為難的點頭答應，讓我抱住他寬大的胸膛。然後，我看到他流下了眼淚。是否，他從來沒有被人這樣抱過？

這一個畫面，就是他寫給我的最感人的文章。

所以，不要再為自己找藉口，說你不會寫作，只要拿起筆來，你就可以寫。

多多練習，創意自然來

看看電影、小說之中，那些別出心裁的筆法，或是特別的描寫。然後，找機會多練習有創意的形容，讓你的文章變得不一樣。

當然，別忘了運用你的聯想力。

形容蒼老——老人的皮膚像白千層／像沒有熨平的衣服／像揉皺的報紙／像風吹日曬雨淋的旗子，褪了色。

形容吝嗇——每次的藉口都是忘了帶錢／打烊的銀行／像豆腐渣，榨不出油水／口袋裡彷彿塗了強力膠，手掏不出來。

形容月亮——黃黃的檸檬／大大的燒餅／擲向空中的鐵盤／白色的扣子／蒼白的小臉／寂寞的鏡子／超級LED大燈／一個遠方的朋友／地球的鄰居。

然後，找一個鼓勵你寫作的人，找一個讚美你文章的人，還有，找一個你願意自動自發寫作的理由。

　　什麼都不要想，就是拿起筆來，快樂寫、輕鬆寫，然後，從此，愛上寫作。

國家圖書館出版品預行編目資料

從此，愛上寫作／溫小平作．蔡嘉驊繪．--初
　　版．--台北市：幼獅，2009.07
　　　　面；　公分．--（多寶槅.文藝抽屜；157）
　　ISBN 978-957-574-732-9（平裝）
　　1.寫作法

　811.1　　　　　　　　　　　　　　98009834

多寶槅 157◎文藝抽屜

從此，愛上寫作

作　　者＝溫小平

繪　　圖＝蔡嘉驊

出 版 者＝幼獅文化事業股份有限公司

發 行 人＝李鍾桂

總 經 理＝王華金

總 編 輯＝劉淑華

主　　編＝林泊瑜

編　　輯＝周雅娣

美術編輯＝裴蕙琴

總 公 司＝10045 台北市重慶南路 1 段 66-1 號 3 樓

電　　話＝(02)2311-2832

傳　　真＝(02)2311-5368

郵政劃撥＝00033368

門市
● 松江展示中心：10422 台北市松江路 219 號
　電話：(02)2502-5858 轉 734　傳真：(02)2503-6601
● 苗栗育達店：36143 苗栗縣造橋鄉談文村學府路 168 號（育達商業技術學院內）
　電話：(037)652-191 傳真：(037)652-251

印　　刷＝燕南彩色印刷有限公司　　　　幼獅樂讀網
定　　價＝250 元　　　　　　　　　　http://www.youth.com.tw
港　　幣＝83 元　　　　　　　　　　e-mail：customer@youth.com.tw
初　　版＝2009.07　　三刷＝2013.07
書　　號＝988135

行政院新聞局核准登記證局版台業字第 0143 號
有著作權‧侵害必究(若有缺頁或破損，請寄回更換)
欲利用本書內容者，請洽幼獅公司圖書組(02)2314-6001#236

幼獅文化公司／讀者服務卡／

感謝您購買幼獅公司出版的好書！

為提升服務品質與出版更優質的圖書，敬請撥冗填寫後（免貼郵票）擲寄本公司，或傳真
（傳真電話02-23115368），我們將參考您的意見、分享您的觀點，出版更多的好書。並
不定期提供您相關書訊、活動、特惠專案等。謝謝！

基本資料

姓名：_____先生／小姐

婚姻狀況：□已婚 □未婚　職業：　□學生 □公教 □上班族 □家管 □其他

出生：民國_____年_____月_____日

電話：（公）_____（宅）_____（手機）_____

e-mail：_____

聯絡地址：_____

1.您所購買的書名：**從此，愛上寫作**

2.您通常以何種方式購書?：□1.書店買書 □2.網路購書 □3.傳真訂購 □4.郵局劃撥
　　　　　（可複選）　　□5.幼獅門市 □6.團體訂購 □7.其他

3.您是否曾買過幼獅其他出版品：□是，□1.圖書 □2.幼獅文藝 □3.幼獅少年
　　　　　　　　　　　　　　　□否

4.您從何處得知本書訊息：□1.師長介紹 □2.朋友介紹 □3.幼獅少年雜誌
　　　　　（可複選）　　□4.幼獅文藝雜誌 □5.報章雜誌書評介紹_____報
　　　　　　　　　　　□6.DM傳單、海報 □7.書店 □8.廣播(　　　　　　)
　　　　　　　　　　　□9.電子報、edm □10.其他_____

5.您喜歡本書的原因：□1.作者 □2.書名 □3.內容 □4.封面設計 □5.其他

6.您不喜歡本書的原因：□1.作者 □2.書名 □3.內容 □4.封面設計 □5.其他

7.您希望得知的出版訊息：□1.青少年讀物 □2.兒童讀物 □3.親子叢書
　　　　　　　　　　　□4.教師充電系列 □5.其他

8.您覺得本書的價格：□1.偏高 □2.合理 □3.偏低

9.讀完本書後您覺得：□1.很有收穫 □2.有收穫 □3.收穫不多 □4.沒收穫

10.敬請推薦親友，共同加入我們的閱讀計畫，我們將適時寄送相關書訊，以豐富書香與心
　　靈的空間：

(1)姓名_____e-mail_____電話_____

(2)姓名_____e-mail_____電話_____

(3)姓名_____e-mail_____電話_____

11.您對本書或本公司的建議：

廣 告 回 信
台北郵局登記證
台北廣字第942號

請直接投郵 免貼郵票

10045 台北市重慶南路一段66-1號3樓
幼獅文化事業股份有限公司

....

請沿虛線對折寄回

客服專線：02-23112832分機208 傳真：02-23115368
e-mail：customer@youth.com.tw
幼獅樂讀網http：//www.youth.com.tw